O AMOR
A SOLIDÃO

O AMOR
A SOLIDÃO

André Comte-Sponville

Entrevistas com
PATRICK VIGHETTI
JUDITH BROUSTE
CHARLES JULIET

Tradução
EDUARDO BRANDÃO

martins fontes
selo martins

Esta obra foi publicada originalmente em francês com o título
L'AMOUR LA SOLITUDE por Albin Michel, Paris.
© Éditions Albin Michel, 2000.
© 2001, Livraria Martins Fontes Editora Ltda.,
São Paulo, para a presente edição.

Publisher *Evandro Mendonça Martins Fontes*
Coordenação editorial *Vanessa Faleck*
Produção editorial *Susana Leal*
Capa *Douglas Yoshida*
Revisão *Julio Mattos*

Dados Internacionais de Catalogação na Publicação (CIP)
(Câmara Brasileira do Livro, SP, Brasil)

Comte-Sponville, André
O amor a solidão / André Comte-Sponville;
entrevistas com Patrick Vighetti, Judith Brouste,
Charles Juliet; tradução Eduardo Brandão. – 3. ed. –
São Paulo: Martins Fontes – selo Martins, 2016.

Título original: L'amour la solitude.
ISBN 978-85-8063-261-3

1. Amor 2. Entrevistas 3. Filosofia 4. Solidão
I. Vighetti, Patrick. II. Brouste, Judith.
III. Juliet, Charles. IV. Título.

16-01682   CDD-080

Índices para catálogo sistemático:
1. Entrevistas : Coletâneas   080

Todos os direitos desta edição reservados à
Martins Editora Livraria Ltda.
Av. Dr. Arnaldo, 2076
01255-000 São Paulo SP Brasil
Tel.: (11) 3116 0000
info@emartinsfontes.com.br
www.emartinsfontes.com.br

Índice

Preâmbulo 7

Do outro lado do desespero............................. 11
Entrevista com Patrick Vighetti

Violência e doçura... 57
Entrevista com Judith Brouste

O esforço de viver... 109
Entrevista com Charles Juliet

Apresentação dos coautores.................................. 133

Preâmbulo

Este livro foi publicado pela primeira vez em 1992, pela editora Paroles d'Aube, que acabara de ser criada e que só viveria alguns anos. Tornara-se impossível encontrá-lo. É o que justifica esta nova edição, revista e aumentada. Ela permanece fiel à antiga edição, mas a completa ou esclarece, em certo número de pontos, e constitui a edição definitiva.

O volume se inseria, em seu primeiro editor, numa coleção inteiramente consagrada a entrevistas: um escritor – quase sempre um poeta – respondia às perguntas de alguns de seus leitores ou amigos. Por que aceitei participar dessa aventura? Primeiro por simpatia pelos que tinham se lançado nela e que me pediam para acompanhá-los. Depois porque gosto de entrevistas, desse jogo ao mesmo tempo imprevisível e estimulante de perguntas e respostas. Enfim porque era uma oportunidade de escrever de outro modo e para outro público. A ideia era fazer um livro que já não fosse exatamente um livro de filosofia, mas antes o livro de um filósofo, sobre o que a filosofia e a vida lhe haviam ensinado, sobre o que ele reteve desses ensinamentos... Eu desejava me dirigir ao leitor como nos dirigimos a um amigo, sem precauções, sem elaboração secundária, sem erudição, sem máscara: apenas algumas ideias em estado nascente, ou renascente, apenas algumas lembranças, como que os indícios de uma caminhada, entre confidência e reflexão, entre pensamento e narrativa... "Eu não ensino, eu conto", dizia Montaigne. É um exemplo que eu quis seguir, mas de longe. Este livrinho é o contrário de um sistema ou de um tratado, sem ser ainda um ensaio. São entrevistas, o que Montaigne teria chamado de *conferências* ("o mais frutuoso e natural exercício do nosso espírito é, a meu entender, a conferência"), em outras palavras, conversações. Arte menor? Sem dúvida, e é o que constitui uma parte do seu encanto. A verdade, aqui, importa mais que a beleza; o prazer, mais que o trabalho; a vida, mais que a obra.

Como proceder? O mais simples teria sido passar pela palavra, gravar nossas entrevistas, transcrevê-las, corrigi-las... Mas é um trabalho cansativo e quase sempre decepcionante. Decidi pelo oposto: começar pela escrita, e tentar encontrar, por ela, nela, algo da palavra, da sua espontaneidade, da sua fragilidade, da sua leveza, da sua liberdade... E meus interlocutores aceitaram submeter-se a essa opção. Suas perguntas me chegavam pelo correio; eu respondia na volta do correio, escrevendo na medida do possível ao correr da pena, sem plano, sem preparação, sem verificar minhas referências ou citações, quase sem retoques. O improviso fazia parte do jogo, tanto mais imprevisível por ter vários participantes. Era uma espécie de correspondência ou diálogo epistolar, como os que gosto tanto de ler, e experimentei o prazer, desta vez como autor, de me arriscar nela.

O que não se deu sem equívocos. Foi assim que, citando de memória, atribuí a Pavese uma ideia que nunca pude encontrar nele e que vinha, muito provavelmente, como só mais tarde me dei conta, de Adorno. Eu havia lido as *Minima moralia* deste anos antes, quase ao mesmo tempo que o *Diário* daquele, e as duas lembranças acabaram, com o tempo, se confundindo... Aproveito, é claro, a presente edição para corrigir esse erro, bem como para precisar ou explicitar algumas ideias que me parecem, à releitura, devam sê-lo. Mas não quis nem reescrever tudo nem mudar o essencial: este livro me agrada – e soube agradar aos leitores – da maneira como ele é, frágil e imperfeito. Essa fragilidade faz parte da vida. Por que não teria ela seu lugar também nos livros?

Resta-me agradecer a Judith Brouste, Charles Juliet e Patrick Vighetti, que aceitaram acompanhar-me neste passeio. Este livro lhes deve muito, e mais do que parece. Sem eles, teria sido outro, ou antes, não existiria.

Do outro lado do desespero

~

Entrevista com Patrick Vighetti

André Comte-Sponville, façamos tábua rasa de tudo, e comecemos por definir: o que é a filosofia? O que é um filósofo? Que papel ele deve representar na Cidade de hoje?

Aí está um início bem filosófico! No fundo, será que filosofar não seria, antes de mais nada, isso mesmo: fazer tábua rasa (nada prova que seja possível), pelo menos tentar se livrar de tudo o que nos atravanca, dos costumes, das ideias feitas etc., em outras palavras, pensar *renovadamente*? Sim, talvez a filosofia seja antes de mais nada esse movimento de interrogação radical, como que um começo da razão, ou um recomeço; talvez a filosofia seja o pensamento novo, o pensamento livre, o pensamento libertado e libertador... Costuma-se dizer, citando Hegel, que a coruja de Minerva alça voo no crepúsculo, e não está errado. Mas ela alça voo, e cada vez é como que uma manhã do espírito. "Paroles d'aube"*, como você diz... Eu retomaria de muito bom

---

* O nome da editora significa *palavras de alvorada*. (N. T.)

grado a expressão: a filosofia é a alvorada sempre recomeçada do pensamento, que não para de se alçar – brilho pálido da razão! – do fundo de nossos crepúsculos.

Aliás, eu poderia perfeitamente observar que a pergunta "O que é a filosofia?" *já* é filosófica, assim como a pergunta "Deve-se filosofar?", o que faz que, como dizia Aristóteles (está vendo que nunca se faz completamente tábua rasa, ou que outros já fizeram antes de nós), não há como escapar da filosofia – ou, diria eu, só escapamos dela renunciando a pensar. Quem não quer fazer filosofia, quando procura entender por que se recusa a fazê-la, já está fazendo... Não é, de modo nenhum, que se trate de filosofar apenas sobre a filosofia. A pergunta "O que é a filosofia?" é filosófica; mas a pergunta "O que é a matemática?" também é. Quando um matemático se pergunta o que faz, sobre que tipo de objeto trabalha, a que verdade tem acesso etc., por mais matemático que seja, está formulando uma questão que vai além da matemática: está fazendo filosofia! Prova disso é que, sobre essa questão, ou sobre a resposta que convém dar a ela, nem todos os matemáticos concordarão: competência à parte, eles concordarão quanto à validade desta ou daquela demonstração, mas não quanto à natureza do que fazem. Uns serão intuicionistas, outros formalistas; alguns se identificarão com Platão, outros com Leibniz ou com Kant... Em suma, apesar de fazerem, por hipótese, a mesmíssima matemática, não terão – ou não terão necessariamente – a mesma *filosofia* da matemática: fazem a mesma coisa, mas não têm a mesma concepção dessa "coisa"!

Costuma-se dizer, em tom de censura, que há tantas filosofias quantos são os filósofos, o que é apenas um pouquinho exagerado. É bem possível que haja também, e pelas mesmas razões, mais ou menos tantas filosofias da matemática quantos são os matemáticos ou, melhor dizendo, quantos são os matemáticos que refletem sobre o que fazem... A filosofia é ao mesmo tempo o pensamento mais livre (não é prisioneira de nenhum saber) e, por isso mesmo, mais singular. O fato de haver tantas filosofias quantos filósofos é mais ou menos verdadeiro, portanto (só mais ou menos, porque às vezes os filósofos concordam: há escolas, mestres e discípulos, doutrinas com as quais este ou aquele poderá se identificar), mas, mesmo que fosse totalmente, seria um equívoco culpar a filosofia por isso. O fato de os filósofos não concordarem uns com os outros, longe de ser um motivo para não filosofar, é um motivo, e bem forte, para cada um filosofar. Qualquer um pode fazer matemática em seu lugar (já que, por hipótese, encontrará, se encontrar, o mesmo resultado a que você poderia chegar), e é por isso que, salvo por gosto particular ou pela necessidade de ganhar a vida, você não tem nenhuma razão para fazer matemática. Não há ofício tolo, mas ninguém tem de exercer todos eles. Desse ponto de vista, a matemática é um ofício: podemos deixar a outros a tarefa de exercê-lo. A filosofia não. Ou então, se a filosofia *também* é um ofício, que tem seus profissionais (os que a ensinam, os que publicam livros...), ela é antes de mais nada uma dimensão constitutiva da existência humana. Você não é obrigado, ainda bem, a dar cursos ou escrever livros de filosofia. Mas ninguém pode filosofar em seu lugar: o que eu poderia encontrar, e ainda que tal resultado me satisfizesse totalmente, ou o que Kant ou Hegel puderam encontrar, por maior que seja a genialidade deles, nada prova que valha *para você*! Portanto você tem de pôr pessoalmente mãos à obra, e é isso que se chama filosofar...

    Tomemos por exemplo sua pergunta: "O que é a filosofia?". Por ser uma questão filosófica, pode ter várias respostas diferentes e, no limite, tantas respostas diferentes quantas filosofias diferentes existem... Não digo isso para me esquivar, para evitar responder, mas ao contrário para anunciar que a resposta que vou lhe dar só empenha a mim e que outros filósofos responderiam diferentemente. Eu dizia: às vezes os filósofos concordam... Pois bem, sobre essa questão, eu me sinto bem próximo do que dizia Epicuro, há uns vinte e três séculos: "A filosofia é uma atividade que, por discursos e raciocínios, nos proporciona uma vida feliz". Gosto muito de que a filosofia seja uma atividade (e não um sistema de saber), que ela se faça por discursos e raciocínios (e não por visões ou *slogans*), enfim que ela tenda à felicidade... Digo: que ela tenda. Porque, quanto a nos proporcionar a felicidade, parece-me que não somos mais capazes, nós, modernos, da bela confiança dos antigos... Para meu uso pessoal, e sempre pensando em Epicuro, forjei a definição seguinte, que lhe proponho como resposta (mas é *minha* resposta: nada prova que ela lhe satisfaça) à sua pergunta: *a filosofia é uma prática discursiva, que tem a vida por objeto, a razão por meio e a felicidade por fim.* Parece-me que ela vale para toda filosofia digna desse nome – mas quanto a essa *dignidade*, justamente, nem todos os filósofos concordam...

Posso acrescentar uma palavra? Como falo da felicidade, conclui-se daí um tanto apressadamente que aí estaria, para mim, o mais importante da filosofia. Nada disso. É possível ser feliz sem filosofar, sem dúvida, e, com toda certeza, é possível filosofar sem ser feliz! A felicidade é o fim, não o caminho. E principalmente: a felicidade não é a norma. Se uma ideia faz você feliz, o que isso prova? É o que acontece também, pelo menos por certo tempo, com a maioria das nossas ilusões... A felicidade não é a norma: a norma da filosofia, como de todo pensamento, é, só pode ser, a verdade. Não é porque uma ideia me faz feliz que devo pensá-la; se assim fosse, a filosofia não passaria de uma variante sofisticada do método Coué*. Se tenho de pensar numa ideia, ainda que ela me mate de tristeza, é unicamente porque ela me parece verdadeira! Sempre digo que, se um filósofo tem escolha entre uma verdade e uma felicidade, o que pode acontecer, ele só é filósofo se escolhe a verdade. Renunciar à verdade, ou à busca da verdade, seria renunciar à razão e, com isso, à filosofia. A norma, aqui, prevalece sobre o fim, e deve prevalecer: a verdade, para o filósofo, prima

---

* Método de autossugestão. (N. T.)

sobre a felicidade. Mais vale uma verdadeira tristeza do que uma falsa alegria.

Por que então não definir a filosofia como busca da verdade? Primeiro porque essa busca não é, evidentemente, específica da filosofia: também se busca a verdade na história, na física, no jornalismo ou no tribunal... Também porque, supondo-se dada a verdade (e, está claro, ela só é dada parcial e aproximadamente), resta saber o que fazer dela: toda a filosofia se joga aí. A verdade é a norma, mas trata-se afinal de viver e, se possível, de viver feliz, ou não muito infeliz. A filosofia não escapa do princípio de prazer; mas o prazer não prova nada, ou só prova a si mesmo. Daí essa tensão sempre, que me parece característica da filosofia, entre o desejo e a razão ou, para dizê-lo de outro modo, entre o fim (a felicidade) e a norma (a verdade). Que as duas podem se encontrar, é o que ensina a velha palavra sabedoria. O que é a sabedoria, senão uma verdade feliz? E não verdadeira porque feliz (nesse caso não haveria verdade nenhuma: bastaria a ilusão), mas, ao contrário, feliz porque verdadeira. Estamos longe disso: a maioria das verdades nos são indiferentes ou nos fazem mal. É por isso que vemos que não somos sábios. Mas, se a filosofia é amor à sabedoria, como a etimologia anuncia (é verdade que uma etimologia não prova nada), é que ela é amor, ao mesmo tempo, à felicidade e à verdade, e que tenta, na medida do possível, conciliá-las, que digo, fundir uma na outra... Você conhece a canção: *"J'ai deux amours..."**. É o que a filosofia

---

* Tenho dois amores. (N. T.)

também canta. Na sabedoria, esses dois amores fazem um só, um amor feliz, um amor verdadeiro.

E o filósofo?

É alguém que pratica a filosofia, em outras palavras, que se vale da sua razão para refletir sobre a vida, para se libertar das suas ilusões (já que a verdade é a norma) e, se puder, para ser feliz! Você vai me dizer que, nesse sentido, todo o mundo é um pouco filósofo... Por que não? Às vezes utilizo esta definição ainda mais simples: filosofar é pensar sua vida e viver seu pensamento. Ninguém nunca consegue isso totalmente (ninguém é *completamente* filósofo), mas ninguém também seria totalmente capaz de se dispensar de fazê-lo. No fundo, os chamados grandes filósofos não são pessoas que praticariam não sei que atividade inaudita de que os outros seriam incapazes; são os que fizeram melhor que os outros o que todos fizeram, e devem fazer. Se você refletir sobre o sentido da vida, sobre a felicidade, sobre a morte, sobre o amor, sobre a justiça, se você se perguntar se é livre ou determinado, se existe um Deus, se podemos ter certeza do que sabemos, etc., você está fazendo filosofia, tanto quanto (o que não quer dizer tão bem quanto!) Aristóteles, Kant ou Simone Weil. É um chavão opor, em classe, a filosofia à opinião, e eu fiz isso anos a fio. Depois me dei conta de que havia um pouco de má-fé nisso: a filosofia, certamente, é uma opinião mais trabalhada, mais rigorosa, mais razoável

– mas nem por isso deixa de ser uma *opinião*. No fundo, é o que aprendi com Montaigne, e com isso ele me libertou (só o li bem tarde) de todos os dogmatismos. "A filosofia", dizia ele, "não passa de uma poesia sofisticada", e isso não era injurioso nem para os poetas, nem para os filósofos. Eu diria também: a filosofia não passa de uma opinião sofisticada, mas no sentido não pejorativo da sofisticação, no sentido em que é sofisticado, dizem-nos os dicionários, o que é "requintado, complexo, evoluído". Mais vale um aparelho de som sofisticado do que um vulgar toca-discos; mais vale uma filosofia do que uma opinião vulgar! O caso é que, no fim das contas, temos a simplicidade da música ou da vida – a simplicidade da sabedoria. Você deve conhecer esse tipo de gente que prefere seu aparelho de som à música... Também conheço alguns que preferem a filosofia à vida, o que me parece um contrassenso da mesma ordem. A técnica mais sofisticada só tem sentido a serviço de outra coisa, por exemplo, a serviço da música. Do mesmo modo, a filosofia só tem sentido a serviço da vida: trata-se de viver melhor, de uma vida ao mesmo tempo mais lúcida, mais livre, mais feliz... Pensar melhor, para viver melhor. É o que Epicuro chamava filosofar para valer, em outras palavras, para sua salvação, como dizia Spinoza, e é essa a única filosofia que presta. Ninguém filosofa para passar o tempo, nem para brincar com os conceitos: filosofa-se para salvar a pele e a alma.

Quanto ao lugar do filósofo na Cidade, já disse o bastante: se qualquer um pode e deve ser filósofo, um pouco mais ou um pouco menos, bem ou mal, o lugar do filósofo é, exatamente, o de qualquer um. É onde se juntam o universal e a solidão.

Como se passa dessa "opinião sofisticada", que seria a filosofia, à "simplicidade da sabedoria"?

Se eu soubesse, faria tempo que teria parado de filosofar: a sabedoria me bastaria! Mas, justamente, o que acredito ter compreendido é que não se trata de um *saber*; a sabedoria, tanto quanto a podemos alcançar, resulta de um trabalho (um pouco no sentido em que Freud fala do trabalho do luto), o qual inclui, por certo, um esforço de pensamento mas não poderia se reduzir a ele. A vida não é uma ideia. Eu diria mais: todas as ideias, em certo sentido, nos separam da vida. Portanto a filosofia só pode levar à sabedoria se tender perpetuamente à sua própria abolição: o caminho é de pensamentos, mas aonde ele leva não há mais caminho. Não há mais pensamento? Em todo caso, não há mais pensamento teórico: o real basta, a vida basta, e é o que chamo de silêncio. Quando Françoise Dolto escreve que "toda teoria é sintoma", sem dúvida não está totalmente equivocada. A sabedoria seria, ao contrário, a saúde da alma, como dizia Epicuro, e é disso que nenhuma teoria poderia fazer as vezes. Sem sintomas, você talvez diga, não há sintomatologia, logo não há medicina... Tomemos nota. Mas a medicina não é a saúde. A medicina é complexa, sofisticada, árdua... O que há de mais simples, o que há de mais fácil que a saúde?

Dirão que a saúde é primeira, o que a sabedoria não poderia ser. A sabedoria, sem dúvida. Mas a vida, sim, para todo ser vivo. Ora, a sabedoria outra coisa não é que essa simplicidade de viver. Se é preciso filosofar, é para redescobrir – *clarum per obscurius*! – essa simplicidade. Trata-se, dizia eu, de nos livrar de tudo o que nos atravanca e que não para de nos separar do real e da vida. É para isso que serve a filosofia, da qual, no fim, também temos de nos livrar... A doutrina é uma balsa, dizia Buda: uma vez atravessado o rio, para que levar a balsa nas costas? Deixe-a na margem, onde poderá ser útil a outros; você já não precisa dela... Aí está! O sábio é aquele que já não precisa filosofar: seus livros, se escreveu algum, o que é raro, são como balsas abandonadas na margem...

É o que não aceita muita gente que passa a vida ajeitando sua balsinha, na esperança de melhorá-la, e muitas vezes consegue melhorá-la mesmo. Mas para quê, se não atravessam o rio ou se – uma vez o rio supostamente atravessado – transportam a vida toda esse fardo nas costas? Quantos morreram esgotados sob o peso de seu sistema? Mais vale a leveza da vida: a leveza da sabedoria!

Vejo à minha volta filósofos que se comprazem em tornar cada vez mais complexo seu pensamento, tendendo assim para uma sofisticação cada vez maior. Percebo a riqueza de tal proceder e, às vezes, sua necessidade. Vez por outra, submeto-me a ele: como escapar? Nem todos os problemas são suscetíveis de uma solução simples. Mas é preciso não se deixar enganar por essa complexidade especulativa. Nas ciências, a tecnicidade na maioria das vezes é indispensável: por ser necessária ao trabalho da prova. Mas e na filosofia? Na medida em que esta não é uma ciência, nem pode ser, nela a tecnicidade não poderia valer como prova, nem a sofisticação constituir sempre um progresso. Os sistemas se somam aos sistemas, eis tudo, o que só faz uma complexidade a mais... Kant é um filósofo genial, um dos mais técnicos e mais rigorosos que há. Mas, se seu rigor fosse verdadeiramente demonstrativo, todos nós seríamos kantianos, o que não é o caso. Spinoza é igualmente rigoroso, igualmente técnico, igualmente genial; no entanto, sua filosofia se opõe em tudo à de Kant... Assim, temos de escolher (o que dá razão a Montaigne), e o rigor não basta para tal. Ou antes, não se trata de uma escolha propriamente, mas de uma espécie de reconhecimento (mais que de conhecimento) que mais constatamos do que decidimos: lendo Kant, lendo Spinoza, reconhecemos mais ou menos neles o mundo ou o pensamento que habitamos, que cremos verdadeiros, ou mais verdadeiros do que outros, sem nunca poder demonstrá-lo inteiramente... É aí que o rigor alcança seus limites, que são do homem.

De minha parte, sem renunciar totalmente à tecnicidade ou à complexidade, ainda menos ao rigor, eu tenderia antes ao contrário: busco ideias simples, cada vez mais simples, tão simples que, no fim das contas, não teriam mais nem sequer a necessidade de serem enunciadas. Claro, isso nunca é totalmente possível: o pensamento tem suas dificuldades e suas exigências, que são estritas. Mas o pensamento não passa de um meio, e o próprio complexo que ele desvela não poderia porém mascarar a simplicidade do que está em jogo nele. O quê? O real. Todo organismo vivo, por exemplo, é de uma riqueza inesgotável, de uma complexidade infinita – mas nem por isso a vida deixa de ser *simples*. Há algo mais complicado do que uma árvore, quando tentamos compreender seu funcionamento interno? E o que há de mais simples, quando a observamos?

Mas a visão é uma função muito complexa...

Claro! Mas a complexidade da função está a serviço da simplicidade do ato. Há coisa mais complexa do que um olho? Há coisa mais simples do que enxergar? Isso é a própria vida: a complexidade a serviço da simplicidade. É também uma lição para o filósofo...

Quando se trata de compreender ou explicar, não podemos evitar a complexidade. Mas a compreensão não é tudo, nem a finalidade última. Pode ser que não haja nada a compreender, no fundo, salvo isto mesmo: que não há nada a compreender! "A solução do enigma é que não há enigma", dizia Wittgenstein. Pode-se explicar a árvore por suas causas, por sua estrutura, pelos mecanismos que ela aciona, pelas trocas que faz com seu meio etc. Mas compreendê-la, não: não há nada a compreender, e é por isso que nenhuma teoria poderia substituir o olhar, a simplicidade do olhar.

Você conhece a bela fórmula de Angelus Silesius, esse místico alemão (que também era médico...) do século XVII:

A rosa não tem porquê, floresce por florescer,
Consigo não se preocupa, vista ela não quer ser.

É sem dúvida muito complicada uma rosa. Mas como é simples, porém! A botânica é uma ciência complexa, como todas as ciências, e essa complexidade também tem sua riqueza. Mas, enfim, a rosa está aí: seria uma pena se a botânica nos impedisse de vê-la e amá-la tal como ela é – simplesmente.

Assim, o real seria simples, ou pelo menos o sábio deveria reter apenas a simplicidade dele, deixando de lado a diversidade do fenômeno? Mas por que perder essa riqueza fenomenal, e em benefício de que virtude da simplicidade?

O simples, no sentido em que o tomo, não é o contrário do diverso! A diversidade dos fenômenos, a riqueza do real, a infinita variedade dos detalhes, toda essa exuberância do mundo sensível (isto é, do mundo!), é claro que não se trata de nos privarmos delas. Você nunca vai ver duas rosas idênticas, duas pétalas idênticas. Mas esse mundo infinitamente rico e variado nem por isso deixa de ser simples: não há nada a esconder nem a mostrar, ou antes, não há outra coisa a mostrar salvo ele mesmo, nenhuma outra coisa a dizer salvo ele mesmo, e isso faz um grande silêncio que é o mundo, e a simplicidade do mundo. O real é o que é, simplesmente, sem nenhuma lacuna (Spinoza: "Por realidade e por perfeição, entendo a mesma coisa"), sem nenhum problema, sem nenhum mistério... Gosto muito da fórmula de Woody Allen: "A resposta é sim, mas qual pode ser a pergunta?". Não há pergunta, e é por isso que a resposta é sim: é o próprio mundo. Os mistérios estão em nós, em nós os problemas e as perguntas. O mundo é simples porque é a única resposta às perguntas que ele não se faz: simples como a rosa ou o silêncio.

Mas numa rosa, o botânico percebe todas as flores novas que ele poderá extrair por engenharia genética; o poeta D'Annunzio encontra nela a revelação de uma chama:
    "Elas ardem. Até parece que têm em sua
    corola um carvão
    aceso. Elas ardem de verdade";
e o filósofo verá nela o objeto, o outro do sujeito, a diversidade que faz face à sua unidade de sujeito: o que é a cor? o perfume? determinismo ou liberdade de crescer? etc.

Se fosse verdade e se só houvesse isso, que tristeza seria a botânica! Que tristeza seria a poesia! Que tristeza – e que chatice! – seria a filosofia! Por que só amar nas flores as flores que ainda não existem? Por que procurar nelas o que elas não são (ah! essas metáforas dos poetas! que tagarelice insípida, quase sempre!), por que sempre compará-las com outra coisa? Por que querer encerrar (tagarelice dos filósofos!) o real, a riqueza do real em nossas pobres abstrações? "O objeto", "o sujeito", você diz – conversa! Não há "objeto", não há "sujeito", não há "cor", "perfume", não há nem mesmo "rosa"! Tudo isso não passa de palavras, nossas pobres palavras, modestas ou grandiosas. Sei perfeitamente que não podemos prescindir delas, mas o real não tem o que fazer com elas. Nominalismo radical: a abstração só existe na e pela linguagem. É por isso que o real é simples, de uma simplicidade que não é a de uma ideia (uma ideia simples é uma ideia fácil de compreender, o que o real nunca é), mas a de uma singularidade nua (a *idiotice* em Clément Rosset, o *acontecimento* em Marcel Conche) e da identidade consigo. É quando tentamos reduzir essa riqueza e essa singularidade do diverso a nossos conceitos que tudo, de fato, se torna complicado: porque o real excede em toda parte o pouco dele que podemos pensar! Mais uma razão para não nos contentarmos com pensar e para aprender a ver, isto é, a se entregar, silenciosamente, à inesgotável simplicidade do devir.

O que uma rosa simplesmente olhada pode me trazer, então?

Nada, tudo: ela mesma. Não lhe basta?

Você evoca essa "aceitação do real" em Uma educação filosófica, *relatando sua experiência de certos momentos "místicos" portadores de uma "simplicidade maravilhosa e plena", e vividos na abolição do tempo e do discurso...*

Eu disse "místicos"? Em se tratando de mim, isso me surpreende. Creio ter falado, ao contrário, no que me diz respeito, de momentos de simplicidade e de paz, o que não é exatamente a mesma coisa... Nesses domínios, nunca fui além do que cada um viveu ou pode viver. É verdade porém (e é o que pode ter justificado a palavra) que nesses momentos, de resto raríssimos, aconteceu-me encontrar – mas sem êxtases nem visões – algo do que os místicos descrevem. O quê? O silêncio, a plenitude, a eternidade... A abolição do tempo, como você diz, mas no tempo mesmo, na verdade do tempo: o sempre-presente do real, o sempre-presente do verdadeiro, e a interseção deles, que é o mundo, e o presente do mundo. Depois, efetivamente, a abolição do discurso, do pensamento, do "mental": é o que chamo de silêncio, que é como que um vazio interior, se você quiser, mas ao lado do qual nossos discursos é que soam vazios. Essa palavra – *silêncio* – me meteu medo por muito tempo, por suas conotações demasiado religiosas ou "místicas", justamente. Mas, a partir do dia em que li Krishnamurti, eu me acostumei com ela. Como dizer de outro modo a presença muda de tudo? Enfim, a plenitude, que é o desaparecimento da falta. Que mais desejar, quando tudo está presente?

Sim, foi isso que vivi, às vezes, e a cujo respeito, de fato, podia ser legítimo evocar os místicos. O caso é que, sem pretender ser um, dou importância ao testemunho deles. Há algo de essencial que se diz aí, sobre o homem e sobre o mundo. Sobre Deus? Depende dos místicos, e eu tenho uma queda pelos menos religiosos deles. De resto, quando Deus mesmo parou de faltar, ainda se pode falar de religião? Se eu me interessei tanto pelas místicas orientais, especialmente budistas, é que encontrava nelas essa espiritualidade puramente imanente (sem outro mundo, sem esperança nem fé) cujo caminho Spinoza, à sua maneira, que é conceitual, já me havia indicado. O livro V da *Ética* diz coisas decisivas sobre esse ponto, que nossos universitários, na maioria das vezes, se apressam a esquecer... As poucas experiências que você evoca, mesmo simples e corriqueiras como eram, me ajudaram a levar Spinoza a sério, até nessas últimas e incômodas proposições da *Ética*. "Sentimos e experimentamos que somos eternos..." Digamos que de fato me aconteceu *experimentá-lo* um pouco. Mas que eternidade? Não, é claro, a de outra vida ou de outro mundo. A eternidade é agora: não é um futuro que nos é prometido, o presente mesmo é que nos é oferecido. Poderia citar de novo Wittgenstein: "Se se entender por eternidade, não uma duração temporal infinita, mas a atemporalidade, então vive eternamente quem vive no presente". Ora, como se viveria de outro modo, ou em outro lugar? A eternidade é o lugar de todos nós, e o único. Mas nossos discursos nos separam dela, bem como nossos desejos, bem como nossas esperanças... No fundo, só estamos separados da eternidade por nós mesmos. Daí essa simplicidade, quando o *ego* se dissolve: não há mais que tudo, e pouco importa então o nome ("Deus", "Natureza", "Ser"...) que alguns quererão lhe dar. Quando não há mais que tudo, para que as palavras, já que o tudo não tem nome? O espírito do Tao sopra aqui, e essa grande loucura do Oriente me importa mais do que nossas pequenas sabedorias... O silêncio e a eternidade andam juntos: nada a dizer, nada a explicar, já que tudo está presente.

Sabedoria do instante? Sabedoria do solitário?

Uma e outra, e nenhuma das duas. Sabedoria do presente, sem dúvida, e admito que todo presente seja instantâneo. Mas, enfim, nós duramos, de instante em instante, e é isso que significa existir. "O duro desejo de durar", dizia Éluard: poucas frases traduzem tão bem, parece-me, o verdadeiro gosto pela vida... Não se trata de viver, como o animal segundo Nietzsche, amarrado na "estaca do presente". Nem de se embrutecer no *no future* dos *punks* ou dos idiotas. Não se pode viver no instante, já que a vida é duração. Bergson, aqui, disse o essencial, e sem dúvida é impossível, quando vivemos, não ser nem um pouco bergsoniano. O todo que nos é dado *dura*, e nós com ele, e nós dentro dele: não é o instante que devemos colher, mas o eterno presente do que dura e passa. É onde os místicos, poetas e filósofos se encontram. "*Carpe diem*", dizia Horácio; mas esse dia colhido, ou recolhido, se for vivido de verdade, é a própria eternidade. No fundo é o que Christian Bobin chama de *oitavo dia da semana*, que não é um dia a mais, claro, mas a eternidade de cada um. Aqui, agora: a fugidia e perene eternidade do devir! Sabedoria do instante? Se você quiser, mas desse instante eterno que é a duração. *Carpe aeternitatem...*

Quanto à solidão, é evidentemente o quinhão de todos nós: o sábio só está mais próximo da dele porque está mais próximo da verdade. Mas a solidão não é o isolamento: alguns a vivem como ermitões, claro, numa gruta ou num deserto, mas outros num mosteiro, e outros ainda – os mais numerosos – na família ou na multidão... Ser isolado é não ter contatos, relações, amigos, amores – o que, evidentemente, é uma desgraça. Ser só é ser si mesmo, sem recurso, e é a verdade da existência humana. Como poderíamos ser outro? Como alguém poderia nos descarregar desse peso de ser si mesmo? "O homem nasce só, vive só, morre só", dizia Buda. Isso não quer dizer que a gente nasce, vive e morre no isolamento! O nascimento, por definição, supõe uma relação com o outro: a sociedade está sempre presente, a intersubjetividade está sempre presente, e não vão nos deixar. Mas o que isso altera na solidão? Do mesmo modo, nos *Pensamentos*, quando Pascal escreve "Morreremos sós", isso não quer dizer que morreremos isolados. No século XVII, isso quase nunca acontecia; no cômodo em que alguém morria, havia em geral certo número de pessoas: a família, o padre, amigos... Mas morria-se só, como se morre só hoje em dia, porque ninguém pode morrer em nosso lugar. É por isso também que vivemos sós: porque ninguém pode fazê-lo em nosso lugar. O isolamento, numa vida humana, é a exceção. A solidão é a regra. Ninguém pode viver em nosso lugar, nem morrer em nosso lugar, nem sofrer ou amar em nosso lugar. É o que chamo de solidão: nada mais é que outro nome para o esforço de existir. Ninguém virá carregar seu fardo, ninguém. Se às vezes podemos nos ajudar mutuamente (e é claro que podemos!), isso supõe o esforço solitário de cada um e não poderia – salvo ilusões – substituí-lo. Assim, a solidão não é a rejeição do outro, ao contrário: aceitar o outro é aceitá-lo *como outro* (e não como um apêndice, um instrumento ou um objeto de si!), e é nisso que o amor, em sua verdade, é solidão. Rilke encontrou as palavras necessárias para dizer esse amor de que necessitamos, e de que somos tão raramente capazes: "Duas solidões que se protegem, que se completam, que se limitam e que se inclinam uma diante da outra...". Essa beleza soa verdadeira. O amor não é o contrário da solidão: é a solidão compartilhada, habitada, iluminada – e, às vezes, ensombrecida – pela solidão do outro. O amor é solidão, sempre; não que toda solidão seja amante, longe disso, mas porque todo amor é solitário. Ninguém pode amar em nosso lugar, nem em nós, nem como nós. Esse deserto, em torno de si ou do objeto amado, é o próprio amor.

Solidão do sábio, solidão do amor... Em seus livros, você também evoca a solidão do pensamento (a propósito da "filosofia na primeira pessoa"), a solidão da moral, a solidão da arte... Não há lugar para uma dimensão social nisso tudo?

Claro que há! Sabedoria, pensamento, moral, amor... tudo isso só existe numa sociedade. Não há sabedoria no estado natural, não há pensamento no estado natural, não há moral, não há amor, não há arte no estado natural! Logo tudo é social, e daí tudo é político, como dizíamos em 1968. Tínhamos razão: era verdade, continua sendo. Tudo é social, mas a sociedade não é tudo. Todos sabem que a sociedade não é o contrário da solidão, nem a solidão o contrário da sociedade. Quase sempre estamos ao mesmo tempo *sós* e *juntos*. Vejam nossas cidades, nossos conjuntos habitacionais, nossos loteamentos... A sociedade moderna reúne os homens mais do que qualquer outra o fez, ou pelo menos ela os aproxima, os agrupa, mas a solidão fica ainda mais flagrante com isso: a gente se sente muito mais só no anonimato das grandes cidades do que na pracinha do seu vilarejo... Pessoalmente, gosto disso; a solidão me angustia menos do que a estreiteza e, se gosto do campo, desconfio dos vilarejos. Mais solidão também é mais liberdade, possibilidades, imprevisto... Numa grande cidade, ninguém conhece você, e isso diz a verdade da sociedade e do mundo: a indiferença, a justaposição dos egoísmos, o acaso dos encontros, o milagre, às vezes, dos amores... Mas não é o amor que faz funcionar as sociedades: é o dinheiro, claro, o interesse, as relações de força e de poder, o egoísmo, o narcisismo... É essa a verdade da vida social. É o *grande animal* de Platão, dirigido pelo *Leviatã* de Hobbes: o medo a serviço do interesse, a força a serviço dos egoísmos! Assim é, e seria inútil chocar-se com isso. Seria até desonesto: dessa sociedade, nós também aproveitamos. Quantos egoísmos bem ajustados foram necessários para eu receber meu salário, todos os meses, e poder gastá-lo tranquilamente! O ajuste dos egoísmos, tudo está aí: é o grande feito da política. Não venhamos com conversas fiadas. Se as pessoas trabalham, se pagam impostos, se respeitam mais ou menos a lei, é por egoísmo, sempre, e sem dúvida unicamente por egoísmo, na maioria das vezes. O egoísmo e a socialidade andam juntos: é Narciso no Clube Méditerranée. Inversamente, toda coragem verdadeira, todo amor verdadeiro, mesmo se a serviço da sociedade, supõe essa relação lúcida consigo, que é o contrário do narcisismo (o qual não é uma relação consigo, mas com sua imagem, pela mediação do olhar do outro) e que chamo de solidão... O egoísmo e a socialidade andam juntos; juntas, a solidão e a generosidade. Solidão dos heróis e dos santos: solidão de Jean Moulin, solidão do abade Pierre... Isso também se aplica à arte ou à filosofia. Montaigne é evidentemente um solitário. O que não o impediu de assumir suas responsabilidades sociais (foi prefeito de Bordeaux) e de saber desfrutar, melhor do que ninguém, os encantos e os prazeres da convivência. Quantos fogem da solidão, ao contrário, e são incapazes de um verdadeiro encontro? Quem não sabe viver consigo, como saberia viver com outrem? Quem não sabe morar com sua própria solidão, como saberia atravessar a dos outros?

Narciso tem horror da solidão, e isso é fácil de compreender: a solidão o deixa face a face com o seu nada, em que ele se afoga. O sábio, ao contrário, fez desse nada seu reino, onde ele se perde e se salva: não há *ego*, não há egoísmo! O que resta? O mundo, o amor: tudo. Quanto a nós, fazemos o que podemos, entre esses dois extremos: mais ou menos narcisistas, mais ou menos sábios, conforme os momentos e as circunstâncias da vida. Mas todos sabem muito bem para que lado nos empurra a sociedade, principalmente hoje em dia (não é por acaso que a chamamos de sociedade de consumo!), e a que nos chama a solidão...

Solidão verdadeira, ilusão da vida social... Ou ainda: valores individuais, convenções comuns... No entanto, que lugar você concede ao valor: o respeito a outrem, que me parece escapar dessa radical distinção, já que ela empenha tanto o indivíduo – a necessidade de um reconhecimento social – como o cidadão –

a garantia social (pelo menos na democracia) da sua liberdade? Em outras palavras, não sou livre somente se respeitar a liberdade de outrem?

Somos livres alguma vez? Deixo de lado a liberdade política, decisiva é claro, que a democracia permite mais ou menos. Mas há espíritos livres nos regimes totalitários; e espíritos submissos ou alienados nas democracias... Isso quer dizer que a liberdade interior nunca é recebida, pura e simplesmente, da sociedade. Tampouco é inata, nem total. O livre-arbítrio sempre me pareceu uma ficção impensável: uma vontade indeterminada, que poderia querer qualquer coisa, não seria mais uma vontade, ou não quereria nada! No máximo, podemos nos libertar um pouco das determinações, ou de algumas delas, que pesam sobre nós... Trabalho infinito: seria preciso libertar-se de si, o que não é possível...

Quanto ao respeito a outrem, é claro que se trata de um valor social, como todos os valores. Mas ele só é aplicado ou vivido – como todos os valores! – pelos indivíduos. Não vejo nisso nada que faça dele um valor diferente dos outros... Não se confunda sobre o que entendo por solidão: a relação com outrem faz evidentemente parte dela, todos os amantes sabem disso, e cada um de nós. O que você vive com seu melhor amigo, você vive sozinho: ele vive outra coisa. E dois orgasmos, mesmo se simultâneos, nem por isso deixam de ser dois. Como viver o que o outro viveu? Como sentir o que ele sente, experimentar o que ele experimenta? Isso não impede de se amar, nem de estar juntos, mas dissuade de sonhar um amor que poria fim (por que milagre?) à separação ou à solidão. É preciso ser dois para se amar, pelo menos dois, e o amor não seria capaz de abolir essa pluralidade que ele supõe. Isso vale em todos os domínios da existência. A solidão e a socialidade não são dois mundos diferentes, mas duas relações diferentes com o mundo, ambas necessárias, aliás, e constituindo juntas esses *sujeitos* que somos, ou que acreditamos ser. A solidão, mais uma vez, não está à margem da sociedade mas nela. Nem por isso é menos solidão: toda vida é social, mas não são as sociedades que vivem... Quanto à ideia de que só sou livre se respeitar a liberdade alheia, ela me parece um chavão que corresponde tanto ao que cada um desejaria, que desconfio um pouco dele. Se devemos respeitar a liberdade dos outros, não é para sermos livres, mas para que eles o sejam, ou possam sê-lo.

Mas seu caráter de reciprocidade faz do respeito ao outro um valor que cria o indivíduo: eu só sou diante do olhar do outro, que também vejo como sujeito...

Não, já que o indivíduo existe mesmo se eu não o respeito! O corpo basta: um indivíduo é, antes de mais nada, aquilo que vive, que sofre, que vai morrer... Os bebês assassinados nos campos de concentração nazistas não eram indivíduos? O respeito só é dado em acréscimo, como o amor, como a felicidade. Mas existe antes este corpo vivo e mortal: o respeito lhe é devido, ele não o cria.

Um homem não passa de um corpo?

Em todo caso, é antes de mais nada um corpo! Materialismo estrito, aqui, e de salvaguarda. O que é um homem? Um animal que pensa? que fala? que ri? Nada disso tudo, porque nesse caso os débeis mentais profundos não seriam homens e nós não teríamos para com eles nenhum dever específico: poderíamos nos livrar deles, ou colocá-los em jardins zoológicos... Contra esse horror, a espécie impõe sua lei, que é de filiação: homem, porque filho de homem! Isso não basta, é claro, para ter os deveres de um homem (só existe moral pela cultura: só existe moral para o espírito), mas sim para ter seus direitos. Muito se falou, nos anos 60, de que não havia natureza humana. Se fosse tão simples assim, por que se incomodar tanto, hoje, com as manipulações genéticas? Na verdade, todos sabem muito bem que existe uma natureza do homem, e que essa natureza é seu corpo: a natureza em mim é tudo o que recebi (e tudo o que posso transmitir) por hereditariedade; ora, sabe-se cada vez mais a que ponto ela é considerável... Admito porém que isso não constitui, propriamente falando, uma natureza humana: não que não haja nada de natural no homem, mas porque essa natureza faz de nós apenas uma espécie particular de animais. O que é natural no homem não é humano; o que é humano não é natural. Ou, mais exatamente, é preciso distinguir a humanidade biológica (a filiação segundo a carne: a natureza do homem) da humanidade histórica (a filiação segundo o espírito: a cultura). A primeira, que a hereditariedade transmite, basta para me dar direitos; mas somente a segunda, que a educação transmite, me dá deveres – a começar pelo de respeitar a primeira! Ou, mais exatamente ainda, é somente do ponto de vista da segunda que a factualidade da primeira (a pertinência biológica à espécie) se torna fonte de direito. A humanidade é ao mesmo tempo um fato biológico e um fato cultural: essa encruzilhada, entre natureza e cultura, é o próprio homem. O que é primeiro? A natureza, evidentemente. Mas só a cultura impõe respeitá-la...

O filósofo, o militante, o cidadão, deve participar da vida política apenas para ver triunfar seus próprios valores? As reflexões e debates, sobre a bioética, por exemplo, não ilustrariam a necessidade de um pensamento social, como a realidade de uma vida – de uma sobrevivência – da sociedade?

Os valores nunca triunfam: o combate está sempre por recomeçar... Quanto aos debates sobre a bioética, eles decorrem principalmente da necessidade de legislar, e dos embaraços bem compreensíveis do legislador. Trata-se de problemas novos, difíceis, cujas implicações são consideráveis. Quem negaria que é necessário discuti-los? Se é isso que você chama de "pensamento social", não vou contestar sua existência – tanto mais que participo muito desse gênero de debates! Mas, como nunca se viu uma sociedade pensar (só os indivíduos é que pensam), não é a palavra que eu utilizarei: prefiro falar de democracia. Que ela não exista sem debates, é uma evidência. Mas de que adiantariam os debates sem a reflexão dos cidadãos? Irei mais longe: se houvesse um "pensamento social", como você diz, a sociologia ou as pesquisas de opinião poderiam fazer as vezes de democracia. Mas, nesse caso, seria o fim da república: só haveria a ditadura do *grande animal*, como diz Platão, em outras palavras, da multidão, do simples somatório dos egoísmos individuais ou corporativos... A república é outra coisa: não se trata de adicionar opiniões, mas de forjar uma vontade!

A vontade... do povo?

Sim. Em certo sentido, isso não passa de uma abstração, já que, mais uma vez, só os indivíduos é que podem querer o que quer que seja. Mas a democracia, pelo sufrágio universal, *realiza* essa abstração. Rousseau é insuperável aqui. O povo só é povo na medida em que é soberano: ele se dá seu ser afirmando sua vontade. Fora disso, não há mais que a multidão, e nada é menos democrático do que uma multidão. O *grande animal* prefere os demagogos; é por isso que os cidadãos devem resistir ao grande animal. As democracias só escapam do populismo por esse esforço em cada um de pensar. A democracia está pois a cargo dos cidadãos. Vamos ao extremo do paradoxo: o povo (como soberano) é confiado a todos nós (como cidadãos), o povo só existe sob a salvaguarda dos indivíduos! Se o abandonamos a ele mesmo, não é mais um povo: é uma turba, uma massa, uma multidão, de que podemos esperar o pior. O povo, por exemplo, criou tribunais, parlamentos, escrutínios... A turba só sabe linchar e aclamar. Portanto é perpetuamente necessário defender o povo (e defender os indivíduos) contra a turba – especialmente, hoje, contra essa turba midiática chamada opinião pública. É o *grande animal* escarrapachado na frente da televisão, sempre pronto a dar razão aos demagogos ou aos populistas... Há coisa mais tola do que os pontos de ibope? O sufrágio universal é bem diferente. Não um espetáculo, mas um ato. Não um público, mas cidadãos. Portanto é preciso fazer política, e só dá para fazê-la em muitos: informar-se, refletir, discutir, organizar-se, agir. Não haverá liberdade de outro modo, não haverá justiça de outro modo. É esse o sentido mais elevado da democracia, e o que, parece-me, a ideia de república exprime. Como você vê, a solidão não é uma torre de marfim...

Perda de fé, renúncia ao ideal comunista: desesperança, você diz. Mas essa busca da sabedoria e, sobretudo, da Verdade, com V maiúsculo, não será mais um ideal, o "Deus" que faltaria ao materialista?

Você é que põe essa maiúscula, não eu! Nunca ponho, aliás, em nenhuma palavra, salvo quando o uso assim impõe absolutamente, como em "Deus", justamente, ou em "Estado"...

Mas, primeiro, uma observação sobre o desespero.

De fato, aconteceu o que você evoca: a perda da fé religiosa, o fracasso patente da utopia comunista e das nossas tentativas para renová-la de dentro... Mas isso é a minha história: muitos viveram outra coisa, percorreram outros caminhos, tiveram de enfrentar, por conseguinte, outras decepções... O importante é não se mentir sobre a vida, não desprezar suas lições. Ora, há lição mais clara que esta: a de que toda esperança nunca se realiza? Muitas vezes por não ser satisfeita, e todos conhecem o sabor disso, que é de frustração. Mas também acontece, e não é a coisa mais fácil de se viver, que uma esperança não se realiza *por ter sido satisfeita*, e temos então de constatar que sua satisfação não consegue nos dar a felicidade que dela esperávamos... Bernard Shaw, acho, é que dizia que há duas catástrofes na existência: a primeira, quando nossos desejos não são satisfeitos; a segunda, quando são... Oscilamos, de ordinário, entre as duas, e é isso que se chama esperança. "Como eu seria feliz se..." E ora o *se* não se realiza, e nos sentimos infelizes, ora se realiza, e nem por isso somos felizes. Daí a grande fórmula de Woody Allen: "Como eu seria feliz se fosse feliz!". Portanto ele nunca o é, nem pode ser, já que está sempre esperando ser... É a vida de nós todos. "Assim, nós nunca vivemos", dizia Pascal, "nós esperamos viver..." E acrescentava: "De modo que, dispondo-nos sempre a ser felizes, é inevitável que nunca sejamos". Não quero me demorar nesse ponto: já consagrei a ele tantas páginas... Vou dizer simplesmente o seguinte: não temos felicidade, ao contrário, a não ser nesses momentos de graça em que não esperamos nada, não temos felicidade, a não ser à proporção do desespero que somos capazes de suportar! Sim: porque a felicidade continua sendo nosso fim, é claro, e isso quer dizer também que só a alcançaremos se renunciarmos a ela. Eu dizia isso desde o começo, quero dizer desde a introdução do *Tratado do desespero e da beatitude*: a salvação será *inesperada* ou não será. Porque a vida é decepcionante, sempre, e porque só se pode escapar da decepção libertando-se da esperança. Porque nossos sonhos nos separam da felicidade no próprio movimento que a persegue. Porque nossos desejos não têm condição de ser satisfeitos, ou não têm condição, quando o são, de nos satisfazer. Porque somente um Deus poderia nos salvar, de fato, e porque não há Deus, e não há salvação. Porque morremos. Porque sofremos. Porque temos medo por nossos filhos. Porque não sabemos amar sem tremer... É a grande lição de Buda: toda vida é dor, e dela só podemos nos libertar, como ele também ensina, se primeiro renunciarmos a nossas esperanças.

No entanto você fala de um "gaio desespero"...

Claro, já que toda tristeza é decepção! É também a lição de Buda, bem como de Epicuro, bem como de

Spinoza, bem como de todos os sábios, e é uma lição de alegria. Deixemos de lado tudo o que os separa, que é considerável e vão. Deixemos de lado, inclusive, todos eles. E vamos ao essencial. É o seguinte: a esperança da felicidade nos separa desta ("como eu seria feliz se...") e nos condena à decepção, ao amargor, ao ressentimento, no que concerne ao passado, bem como à angústia, no que concerne ao futuro. Inversamente, quem renunciasse por completo a ser feliz por isso mesmo o seria, e só ele sem dúvida. O que mais é a sabedoria? O que mais é a santidade? O desespero e a beatitude andam juntos, ou antes, esta está no extremo daquele: trata-se de passar para o outro lado do desespero, o que supõe, primeiro, aceitar enfrentá-lo, habitá-lo, perder-se nele...

Então, você dirá: "é um novo ideal, uma nova esperança...". Sim, sem dúvida, e, enquanto não é mais que isso, ainda é um sonho que nos separa da vida verdadeira. Portanto é preciso renunciar também à sabedoria. Faz muitos anos, quando eu ainda tinha pretensões literárias, lembro-me de ter escrito uma novela curtíssima, a mais curta que já escrevi, e que acho ter sido também a última. Ela cabia numa frase e devia chamar-se *O sábio*. Ei-la: "Bem no fim da sua vida, o sábio compreendeu que a sabedoria também não tinha importância". Ainda era literatura. Que a sabedoria não tem importância, a maioria dos sábios compreende bem antes disso, e só são sábios sob essa condição. A sabedoria não passa de um sonho de filósofo, do qual a filosofia também deve nos libertar. A sabedoria não existe: só existem sábios, e todos eles são diferentes, e nenhum deles, é claro, crê na sabedoria...

Voltando pois à sua pergunta, a sabedoria não é uma nova religião, ou só a alcançamos se deixamos de acreditar nela!

E a verdade?

Aí é diferente. Não se trata de acreditar: trata-se de conhecer. Ou, se há crença, como mostra Hume, é num sentido bem diferente. Não é uma crença religiosa, já que a verdade não comanda, não julga, pois ela nada promete, nada anuncia, pois ela é sem amor e sem perdão – pois a verdade não é Deus! Pascal, como tantas vezes, percebeu formidavelmente o essencial: "A verdade sem a caridade não é Deus", dizia ele. A questão é, portanto, saber se a verdade e a caridade andam juntas, como a religião ensina; em outras palavras, se a verdade nos ama, ou se devemos amá-la sem correspondência, com um amor gratuito, com um amor desinteressado, com um puro, com um puríssimo e solitário amor: se devemos amá-la em pura perda e desesperadamente!

Quanto a renunciar à verdade mesma, quem quiser que tente. De minha parte, nunca consegui! Encontrei verdades demais, várias delas desagradáveis, que me era impossível rejeitar ou até, como diz Descartes, revocar em dúvida... Sei que essa impossibilidade, a rigor, não prova nada, e que os céticos têm razão nesse ponto. Sim: Montaigne e Hume, pelo menos sobre o estatuto da filosofia, veem mais claro que Spinoza. O *more geometrico* não passa de um engodo. A filosofia não é uma ciência, nem pode ser. E, como a proposição "as ciências são verdadeiras" ou "determinada ciência é verdadeira" não é uma proposição científica (são evidentemente proposições filosóficas, pelo menos na medida em que um filósofo as assume), não há *verdade* científica: só há *conhecimentos* científicos, sempre relativos, sempre aproximados, sempre provisórios, sempre de algum modo duvidosos ou sujeitos a caução... Sim. Mas, enfim, também constato que o pensamento só é possível com a exigência de verdade, e que, ainda que essa mesma verdade nunca seja dada absolutamente, o que concedo de bom grado, também não podemos (sem cair na sofística) dispensá-la nem fazer como se ela não existisse. Entre as duas proposições seguintes: "A Terra gira em torno do Sol" e "o Sol gira em torno da Terra", como duvidar que uma seja *mais verdadeira* que a outra? Muitas vezes se evoca a relatividade de Einstein para dar a entender que toda verdade é relativa, no sentido em que a relatividade se oporia à objetividade. É um evidente contrassenso: a teoria de Einstein não é mais relativa, nesse sentido, mas sim *mais absoluta* que a de Newton! Ela é, com isso, absolutamente verdadeira? Claro que não. Não é a verdade: é um conhecimento. Mas, se os conhecimentos não comportassem nenhuma parcela de verdade, já não seriam conhecimentos, seriam simples caprichos do espírito. A física relativista não é *a* verdade (a Verdade com

V maiúsculo, como você diria), mas nenhum físico duvida de que ela seja *mais verdadeira* que a de Newton ou, *a fortiori*, de Ptolomeu...

Aliás, cometo um erro ao só dar exemplos científicos. A verdade está em toda parte, tanto nas experiências mais banais como nas mais trágicas. Tomemos, por exemplo, o luto. Quem perdeu um ser querido não pode duvidar nem de que esse ser tenha vivido, nem de que tenha morrido... O que pode a sofística contra o caixão de uma criança?

E o que pode a filosofia?

Submeter-se à verdade, o que é o contrário da sofística! Isso não altera em nada a morte, claro, não altera em nada o horror. Mas a vida continua, e a verdade; a filosofia também continua, portanto... Ora, ela acaba alterando alguma coisa em nós e, no fundo, isso coincide com o que Freud chamava de trabalho do luto: trata-se, pura e simplesmente, de aceitar a verdade. É também o princípio do tratamento analítico, sua única regra ("a verdade, e ainda a verdade", dizia Freud), seu único fundamento. Mais uma citação de Freud, se você quiser, que data de 1937: "A situação psicanalítica se funda no amor à verdade, isto é, no reconhecimento dela, o que deve excluir toda ilusão e todo engano". Pois bem, digamos que a filosofia (se bem que de outro ponto de vista e com outras armas) prende-se à mesma exigência, assim como todo pensamento digno desse nome.

Dito isso, o horror continua sendo o horror, e a filosofia não está aí para escamoteá-lo... A esse horror somos mais sensíveis ou menos, e também o encontramos mais duramente ou menos... Quanto mais o tempo passa, mais eu sou sensível à parcela de acaso em toda vida, ao que os antigos chamavam de destino, que outra coisa não é senão o conjunto de tudo o que acontece, que sem dúvida não era inevitável antes (não estava "escrito"), mas que o é, evidentemente, quando acontece... Estar com um filho doente ou não, ser mais feliz ou menos no amor ou nos negócios, mais dotado ou menos para a vida, mais sábio ou menos, mais louco ou menos, ver-se mais confrontado ou menos à morte, mais cedo ou menos, mais cruelmente ou menos, ter mais capacidades ou menos, uma profissão mais interessante ou menos, mais difícil ou menos, mais extenuante ou menos, ter ou não determinada deficiência ou determinada doença, ter ou não ter, inclusive, o que comer, com o que se proteger do frio ou do medo... Quem decide sobre isso? Quem escolhe como será? Há o que depende de nós e o que não depende, diziam os estóicos, e tinham toda razão. Mas o que depende de nós (a vontade, o pensamento...) depende de mil fatores que não dependem. Quem se escolhe? E depois o destino é o mais forte, porque o horror é o mais forte. O que pode a sabedoria para uma criança que sofre ou para uma mãe que vê seu filho morrer? O que pode a sabedoria para todos os que não são sábios, que nunca o serão? E contra a miséria? contra a guerra? contra a opressão? Para bilhões de pessoas na terra, e não apenas nos países subdesenvolvidos, a felicidade não está verdadeiramente na ordem do dia... Sei que a sorte não basta à felicidade: a felicidade nunca é dada já pronta. Mas nenhuma felicidade é possível sem a sorte, e até, parece-me, sem uma sorte considerável... Convém, portanto, ter a felicidade modesta e a infelicidade serena: nem uma nem outra são merecidas.

A propósito dessa sabedoria do desespero, você evoca Epicuro, os estóicos e Spinoza, mas também o budismo primitivo, o Ch'an, o Samkhya...

O desespero não tem fronteiras, e a sabedoria não pertence a ninguém. Trata-se muito menos de ecletismo do que de experiência humana, mais profunda e mais importante do que a incomunicabilidade dos sistemas ou as divergências das escolas. Aliás, desde que meus primeiros livros foram publicados, vários leitores me apontaram este ou aquele texto que eu ignorava, em que as mesmas ideias, ou ideias vizinhas, já se encontravam... Isso sempre me alegra. Não é a originalidade que busco: uma ideia que ninguém nunca teria tido tem uma boa probabilidade de ser uma tolice! De resto, de bom grado eu diria do desespero o que Camus dizia do absurdo: é menos um conceito do que uma "sensibilidade esparsa no século", e em todos os séculos. Será a mesma? Não exatamente. O mundo e a vida só parecem absurdos porque não correspondem às nossas esperanças. Para quem já não espera, o absurdo desaparece: só resta o real, a absoluta e simples positividade do real. O caso é que essa sensibilidade do desespero nós a encontramos esparsa, de fato, através dos séculos e dos milênios, através dos continentes e das civilizações. Eu estava terminando o segundo volume do meu tratado, há alguns anos, quando dei com esta frase do *Samkhya-Sutra*, que Mircea Eliade citava: "Só é feliz quem perdeu toda esperança; porque a esperança é a maior tortura que há, e o desespero, a maior beatitude". E eu estava terminando um livro que se chamava *Tratado do desespero e da beatitude...*

Eu poderia multiplicar os exemplos e as citações. Faz alguns meses, num jornal, eu percorria um artigo sobre Moravia, que acabava de morrer, acho, no qual o jornalista reproduzia os termos de uma entrevista que datava de uns anos atrás, a propósito de um romance em que Moravia abordava o tema do suicídio. Recortei o artigo. Eis o que Moravia dizia: "Pensei muito no suicídio entre 1975 e 1980. Mas acabei acreditando que não se deve morrer de desespero. Ao contrário. Deve-se viver dele. Como um estóico. Ou mesmo como um cristão... Deve-se viver a qualquer preço. E se alimentar de desespero, em vez de querer sempre dele morrer". A mim o suicídio nunca tentou, e por acaso ainda hoje nunca li nenhum livro de Moravia. Mas releio com frequência essas poucas frases: elas me ajudam a viver...

Outra vez foi um jornalista, ao vivo na rádio, que me citou a seguinte frase, perguntando-me se eu conhecia seu autor: "Não espero nada, não temo nada; sou livre". Pensei reconhecer uma fórmula de um filósofo cínico da Antiguidade, Demonax, no qual se encontra, de fato, uma ideia bem próxima ("Só é livre quem não tem nada a esperar nem a temer"). Mas não: trata-se, informa-me o jornalista, de uma frase de um escritor do século XX, Nikos Kazantzakis, de cujos *Zorba, o grego* e *O Cristo recrucificado* eu tanto gostara na minha adolescência... De Demonax a Kazantzakis, é a mesma língua, o grego, e quase a mesma ideia, o que chamo de desespero. Esse encontro através de tantos séculos me alegra e me esclarece.

Depois, faz dois ou três dias, um amigo, ou melhor, um leitor que se tornou meu amigo (acontece!), me manda a cópia de uma entrevista de Merab Mamardachvili, filósofo georgiano falecido em Moscou em 1990. Inútil dizer que nunca tinha lido nada desse senhor, de quem aliás, até muito recentemente, nada estava traduzido. Mas, nessa entrevista, depois de evocar "o silêncio e a solidão" (está vendo: não sou o único!), Mamardachvili fala do desespero. Perguntam-lhe se o futuro não o inquieta. Ele responde: "Não, não tenho medo. Ao contrário, até me alegro... Filósofo por temperamento e não por profissão, a vida inteira vivi sem esperança. Se ultrapassamos o ponto-limite do desespero, abre-se então diante de nós uma planície serena, eu diria até alegre. Ficamos com um humor uniforme e podemos ser felizes...". Essas frases me comovem. É o contrário do futuro radioso, das utopias, das religiões, de todas as esperanças que nutrem as guerras e os fanatismos... Esse desconhecido é como um irmão para mim. "Não há esperança sem temor, nem temor sem esperança", dizia Spinoza. Eu diria também: não há serenidade sem desespero, nem verdadeiro desespero sem uma parcela de serenidade.

Esse desespero que você evoca, esse desespero sereno, não é muito mais uma inesperança? Aliás, você utiliza essa palavra, pelo menos uma vez, antes de renunciar a ela...

É uma pergunta que me fizeram muitas vezes. A palavra desespero, em francês, veicula tamanha carga de tristeza... Mas o caso é que a palavra *inesperança* não se impôs, e tenho horror aos neologismos. Sobretudo, falar de *inesperança* seria dar a entender que podemos nos instalar de saída nesse estado sereno, que podemos nos poupar a decepção, a desilusão, o sofrimento... E não acredito nem um pouco nisso. A esperança é sempre primeira; portanto é preciso perdê-la (é o que indica a palavra desespero), e é sempre doloroso. O desespero é um trabalho, como o luto em Freud, e no fundo é o mesmo. Que todo o mundo prefira a palavra *inesperança*, eu entendo; seria tão melhor se pudéssemos prescindir do trabalho, do sofrimento, da desilusão! A *inesperança* seria como uma sabedoria já pronta: seria um luto sem trabalho. Mas isso não é possível, e é outro luto a fazer... É por isso que mantive a palavra desespero. Pelo menos ela indica a dificuldade do caminho... Aliás, observo que a palavra luto, em

Freud, manifesta a mesma ambiguidade, a mesma hesitação, que é a da vida, a mesma tensão, o mesmo caminho: que a alegria só é possível do outro lado do sofrimento, como a felicidade só o é, parece-me, do outro lado da desilusão. Não nos pouparemos o luto; não nos pouparemos o desespero.

No entanto diz-se que a esperança faz viver...

Sim, e não é de todo errado! Quero dizer que muita gente só consegue suportar suas decepções sucessivas se cada vez se consolar com novas esperanças... A vida continua assim, de esperanças em decepções, de decepções em esperanças... Não condeno essas pessoas: cada um se vira como pode. Mas, se a esperança faz viver, na verdade faz viver mal: de tanto esperar viver, não se vive nunca, ou então só se vive essa alternância de esperanças e decepções, na qual o medo (já que não há esperança sem temor) não cessa de nos afligir... Melhor seria sair desse ciclo, e no fundo é o que chamo de sabedoria ou desespero. Na verdade, não é a esperança que faz viver, é o desejo, de que a esperança é apenas uma das formas, e não a única nem a principal!

Quais são as outras?

Primeiro, o desejo físico, por exemplo sexual, o que poderíamos chamar de apetite, ou apetência, que, ao contrário do que se costuma acreditar, é menos uma falta do que uma pura potência de existir (como diz Spinoza) ou de gozar. Que ela possa ser acompanhada da esperança, é evidente, mas não é uma fatalidade. O corpo nos ensina, mais propriamente, o que há de desesperado, e muitas vezes de alegremente desesperado, no desejo. A ereção não é uma esperança! E comer com apetite não é a mesma coisa do que esperar comer!

E depois há o amor e a vontade.

A diferença entre a vontade e a esperança é que só esperamos o que não está em nosso poder, ao passo que só podemos querer no campo de uma ação imediatamente possível. Para falar como os estóicos: só esperamos o que não depende de nós; só queremos o que depende. Tente esperar andar... Isso nunca fez ninguém se mexer! Aliás, quem esperaria andar, fora o paralítico? Ninguém espera aquilo de que se sabe capaz, e isso diz muito sobre a esperança. Não passa de impotência da alma, dizia Spinoza, e já era esse o cerne no estoicismo, seu cerne sempre vivo. "Quando você desaprender de esperar", dizia mais ou menos Sêneca, "eu o ensinarei a querer..." Na verdade as duas coisas andam juntas: esperamos tanto mais quanto menos somos capazes de ação, e tanto menos quanto mais sabemos agir.

No que concerne ao amor, a diferença é outra. Só se espera o irreal ou o desconhecido; só se ama o real, e com a condição de conhecê-lo ao menos em parte. Como poderíamos amar o que não existe ou o que ignoramos inteiramente? Como amar, por exemplo, os filhos que ainda não temos? Seria amar nossas esperanças, e nesse caso amaríamos apenas a nós mesmos... Aliás, haverá todo um trabalho a fazer para passar desse amor narcisista pelos filhos sonhados ao amor, muito mais rico e difícil, pelos filhos reais... Trabalho de luto? Sem dúvida, mas é também o trabalho do amor, ou o próprio amor como trabalho. Há desespero em todo amor, e tanto mais quanto menos ilusões temos. "Devemos amar as pessoas tais como elas são", costuma-se dizer. Claro, mas não temos escolha! Devemos amá-las tais como elas são ou não as amar, amá-las tais como elas são ou amar apenas nossos próprios sonhos, amá-las tais como elas são ou esperá-las outras e sempre recriminá-las por nos decepcionarem... A esperança e o rancor andam juntos, juntos o amor e a misericórdia.

Isso aponta o caminho. Não se trata, de maneira nenhuma, ao contrário do que alguns acreditaram entender, de renunciar ao desejo. Se o desejo é a própria essência do homem, como dizia Spinoza e como acredito que seja, de que modo poderíamos renunciar a ele e por que deveríamos? Parar de desejar seria parar de viver! Não se trata de suprimir o desejo, mas antes de transformá-lo, de convertê-lo, de liberar o melhor possível sua potência: desejar um pouco menos o que falta, um pouco mais o que é; desejar um pouco menos o que não depende de nós, um pouco mais o que depende... Em suma, trata-se de esperar um pouco menos e de querer um pouco mais (para tudo o que depende de nós), de esperar um pouco menos e de amar um pouco mais (para tudo o que não depende)... É o caminho da sabedoria, e é uma sabedoria da ação, e é uma sabedoria do amor. Trata-se de aprender a se desprender ou, como dizia Spinoza, de se tornar "menos dependente" da esperança e do temor... Claro, nunca o conseguimos inteiramente, e é por isso que ninguém é sábio por inteiro. Mas a sabedoria já está no caminho que leva a ela. Trata-se de viver, numa palavra, em vez de esperar viver...

Isso nos traz de volta a nosso começo. O que é filosofar? É aprender a viver e, se possível, antes que seja tarde demais! Mas estou me exprimindo mal. É sempre tarde demais, em certo sentido, o poeta tem razão, e no entanto nunca é nem cedo demais nem tarde demais, como dizia Epicuro: a vida não para de se ensinar a si mesma, de se inventar a si mesma, até o fim, e a filosofia é apenas uma das formas, no homem, desse aprendizado ou dessa invenção. Portanto é a vida que vale. A filosofia só tem importância na medida em que se põe a serviço dela: é a vida pensada em ação e em verdade.

E a sabedoria?

É a vida *vivida*, aqui e agora, em ação e em verdade! Em outras palavras, é nossa vida real, tal como ela é: a verdadeira vida, a vida verdadeira... Mas dela estamos separados quase sempre, por nossos discursos sobre ela (e principalmente por nossos discursos filosóficos!), por nossas esperanças, por nossos sonhos, por nossas frustrações, por nossas angústias, por nossas decepções... É o que seria preciso atravessar, ultrapassar, dissipar. A sabedoria não é outra vida, que seria preciso alcançar: é a própria vida, a vida simples e difícil, a vida trágica e doce, eterna e fugidia... Já estamos nela: só resta vivê-la.

Violência e doçura

~

Entrevista com Judith Brouste

Por muito tempo acreditei que gostava da literatura. Toda a literatura, principalmente os romances. Então, um dia, li Kafka, e houve como que um dilaceramento do relato, percebi o âmago do livro, em carne viva, a experiência viva – ou sonhada – do homem que escreve.

Soube então que gostava do "caroço" do romance. O que o gerara. Os romances, as histórias construídas podem ser belas, divertidas, inteligentes. Elas são vãs se não são efeitos de uma necessidade interior. Também é possível perceber, sentir isso em filosofia? Não é essa história, essa face oculta, esse sofrimento desconhecido que prende você a homens como Montaigne ou Pascal?

André, o que fez você nascer para a filosofia?

Os romances, é bem possível! E o fastio dos romances... Sabe, primeiro gostei da literatura, loucamente: era de fato para mim a verdadeira vida (como diz Proust, mas eu ainda não o havia lido), e a única que valia a pena. Adolescente, devorei livros que já não são lidos, acho: Martin du Gard, Koestler, Somerset Maugham... Gide também, e Sartre, e Céline, e Proust, enfim, por volta dos dezoito anos... Na verdade, li sei lá quantos romances, e, como queria ser escritor, eram romances o que eu queria escrever... Acontece que logo percebi que este é um talento que não tenho. Inventar histórias, personagens, tudo isso, que faz o sal dos romances que eu admirava (esqueci-me de dizer que os primeiros romances que me fascinaram, bem antes da adolescência, foram os de Dumas), de tudo isso, pois, eu me sentia incapaz. Falta de imaginação, sem dúvida, ou excesso de escrúpulos... Devo dizer que a admiração que eu tinha por alguns grandes romancistas – especialmente por Céline e Proust – me impelia a renunciar: com eles, eu não me sentia capaz de rivalizar... Mas também houve outra coisa. Tive de constatar, com o tempo, que eu lia cada vez menos romances, e com cada vez menos prazer, cada vez menos fé... A filosofia tinha se insinuado aí, mas não apenas a filosofia: a vida também, a vida principalmente, a vida simples, verdadeira, e tão difícil! Ao lado do quê, os romances me pareceram mentirosos, quase todos, ou chatos e irrisórios. Para que inventar histórias? Para que todas aquelas frases, cada qual mais bonita e mais inútil que a outra? Quando somos bem jovens, os romances são úteis: é preciso sonhar a vida, antes de vivê-la. Mas e depois? A vida é um romance suficiente, não? Não faço disso um ponto de doutrina. Quem quiser, é claro, tem toda liberdade de gostar de romances. Mas por que seria eu obrigado a compartilhar esse gosto ou essa paixão?

Faz muito tempo mesmo que não releio mais Proust ou Flaubert. Os poetas, sim. Os diários íntimos, as memórias, as correspondências, também, às vezes. Mas romances, não. Mal percorro os que recebo: é raro que vá além de algumas páginas. Na maioria das vezes tenho a impressão de que esses romances só se justificam pelo desejo muito forte que o autor tinha de publicar um livro... Melhor para ele, mas e eu com isso? Se há uma coisa importante a dizer, por que não dizer logo? Por que todos esses meandros, todos esses disfarces? Rapidamente renuncio. A vida é breve demais, o campo lindo demais, o trabalho demasiado absorvente, as crianças demasiado presentes... Sempre tenho outra coisa a fazer. Um romance nunca é mais que uma diversão, dizia Pascal, e conheço tantas outras mais agradáveis!

Pronto, está vendo, cá estou eu com Pascal, e a outra face da sua pergunta, a *face oculta*, como você dizia, o sofrimento... Sim: gosto dos homens por seus ferimentos, sua fragilidade, sua parte de noite ou de desespero. "*Mon bel amour, ma déchirure...**" Isso também vale para os artistas, parece-me, inclusive os mais luminosos, inclusive os mais alegres, os mais leves, os mais aéreos... Há coisa mais comovente, em Mozart, do que essa fragilidade, essa pungência, essa graça radiosa e desesperada? Isso também vale para meus amigos: gosto de que me digam onde lhes dói, em vez de se esconderem, como quase toda gente, atrás de uma

---

* Meu lindo amor, meu dilaceramento... (N. T.)

satisfação de encomenda. O que as pessoas dizem, na maioria das vezes, só serve para protegê-las: racionalizações, justificativas, negações... Para quê? Melhor seria o silêncio. A palavra só me interessa quando é o contrário de uma proteção: um risco, uma abertura, uma confissão, uma confidência... Gosto de que falem como quem se despe, não para se mostrar, como creem os exibicionistas, mas para parar de se esconder... Sei que isso não é possível com qualquer um; mas os amigos, justamente, são aquelas pessoas com quem isso é possível, com quem isso é necessário! Quanto aos filósofos... Muitos também se protegem, muitos só inventaram sua filosofia para isso. Um sistema é uma roupa, que protege e mascara. Prefiro a nudez dos corpos e das ideias. Eu dizia, a propósito das conversas corriqueiras: não passam de racionalizações, justificativas, negações... Como isso também é verdade para essas conversas sofisticadas chamadas filosofias! Vou lhe confessar uma coisa: filósofos, eu também já não os leio (salvo para preparar minhas aulas). Para que inventar um sistema? Um sistema não passa de um romance um pouco mais chato... A filosofia não tem a menor importância. Ela só serve na medida em que aproxima da vida ou da verdade, e é verdade que às vezes aproxima, por algumas ilusões que dissipa. Mas ela aproxima tanto mais quanto mais vai direto à sua própria ferida, em vez de, como quase sempre, ficar dando voltas em torno dela ou tentando dissimulá-la. Gosto dos filósofos que pensam o mais rente possível a seu sofrimento: Lucrécio, Montaigne, Pascal... E Spinoza, quando se sabe lê-lo. É seu começo explícito: "A experiência ensinou-me que todas as ocorrências mais frequentes da vida ordinária são vãs e fúteis..." E essa "tristeza extrema", como ele também diz, que vem "-depois do gozo" ou quando somos "enganados em nossa esperança"! Estes pararam de fingir. Ainda assim, Spinoza se deixa enganar por suas demonstrações, como Lucrécio aliás pelas de Epicuro. Montaigne e Pascal são mais lúcidos, e são eles que releio com mais gosto. Sinceramente, você conhece um romance que suporte a comparação com os *Pensamentos* ou com *Os ensaios*?

Primeiro responda à minha pergunta: o que fez você nascer para a filosofia?

A dor, claro, a angústia, o tédio, o desespero... Sabe, minha mãe era muito depressiva, e comecei a filosofar, acho, para me arrancar do sofrimento dela, e do meu. Para o que a filosofia não basta, evidentemente, para o que nada basta: o sofrimento está ali, é preciso conviver com ele. Ou, se podemos nos libertar dele, é antes de mais nada sob condição de aceitar que ele está presente.

E depois há o tédio, a morosidade dos dias, a vida que passa ou que se desfaz, o irrisório ou a banalidade de tudo... Há uns poemas de Jules Laforgue que dizem isso, pelos quais eu daria todo Balzac, apesar da força dele, e até vários romances de Stendhal, de que gosto tanto. *"Comme la vie est triste et coule lentement...*"* Sei (se é que se pode comparar: Laforgue morreu com 27 anos...) que Balzac e Stendhal são gênios maiores – mas que importa o gênio? Gosto principalmente dos que não se deixam enganar pelo seu, ou mesmo que têm consciência de não o ter. Olhe, justamente, estes versos:

Ah! que la vie est quotidienne...
Et du plus vrai qu'on se souvienne,
Comme on fut piètre et sans génie!**

É também de Laforgue, e passei domingos inteiros me repetindo esses versos... Ser amigo de Laforgue devia ser incrível. Mas amigo de Balzac? Que tédio! Aliás, Balzac tinha amigos?

Quer a verdade? A filosofia não tem a menor importância. Os romances não têm a menor importância. Só a amizade conta; só o amor conta. Digamos melhor: só o amor e a solidão contam. Melhor ainda: só a vida conta. Os livros fazem parte dela, é claro, e é isso que os salva. Mas a vida ainda assim continua... Os livros fazem parte dela; como poderiam fazer as vezes dela? No máximo podem dizer a verdade do que vivemos, essa verdade que não está nos livros ou que só pode estar neles porque está antes em nossa vida. Verdade do sofrimento e da alegria, da coragem e do cansaço,

---

* Como a vida é triste e flui lentamente... (N. T.)
** Ah! como a vida é cotidiana... / E a maior verdade que lembramos, / Como fomos reles e sem gênio! (N. T.)

verdade do amor, verdade da solidão... Para quê, senão, a filosofia? Para que a literatura? E sem amor, para que viver? Sempre Laforgue: *"Comme nous sommes seuls! Comme la vie est triste!"**. No entanto é nela que o amor nasce, e a alegria, a única alegria verdadeira, que é amar. Foi o que li em Spinoza, e que a vida me confirmou. Todas as ocorrências mais ordinárias da vida são vãs e fúteis, e só o amor é extraordinário. Quando se consegue amar, o que acontece apesar dos pesares. Pelo menos um pouco, pelo menos às vezes, mesmo que mal, mesmo que minimamente, mesmo que tristemente... A questão não é saber se a vida é bela ou trágica, irrisória ou sublime (ela é ambas as coisas, evidentemente), mas se somos capazes de amá-la tal como ela é, isto é, de amá-la. Isso deixa à literatura seu lugar, que não é nem o primeiro nem o último. Os livros só valem na medida em que ensinam a amar; é por isso que algumas obras-primas são insubstituíveis, e é por isso que tantos livros não valem nada – e os romances de amor, salvo raras exceções, menos ainda! "Puro romance", falamos às vezes, para dizer: é um tecido de asneiras e mentiras. Pois bem, é isso mesmo, a maioria dos romances não passa de puro romance. Tenho coisa melhor a fazer: tenho coisa melhor a viver. O mais urgente é parar de se mentir. A verdadeira vida não é a literatura: a verdadeira vida é a vida verdadeira.

---

* Como somos sós! Como a vida é triste! (N. T.)

A vida verdadeira não é dada. Ela chega depois que nos livramos de todas as nossas "cascas". Nós a alcançamos depois da travessia de zonas de sombra, depois de certa morte de si. Ela chega depois dessa passagem. A vida verdadeira é quase sempre uma ressurreição. Talvez seja isso que chamam de o céu na terra, a graça: viver um presente que dura. Queira-se ou não, mesmo sem deus, há aí uma dimensão mística...

Tem razão, a vida verdadeira não é dada (a quem seria? e por quem?); ela é vivida, ela é vida, ela é o próprio dom, o que dá e o que recebe, e é por isso que nada é dado, nem a ninguém. No entanto a vida existe: o *ego* se apropria dela, gostaria de que a vida fosse um presente dele, seu bem, sua coisa... O contrário é que é verdade. O eu pertence à vida, não a vida ao eu. É por isso que devemos morrer para nós mesmos, de fato, ou antes, é por isso que deveríamos. Só o *ego* morre, que é feito apenas das suas próprias "cascas", como você diz. Quem conseguisse se desfazer dele (quem conseguisse descascar-se por inteiro!) seria mais livre e mais vivo que nunca. A verdadeira vida não está ausente, ou só somos separados dela por nós mesmos. Ausente-se: a vida aí está, quando você já não está! Essa ausência não é dispersão, mas disponibilidade; não é diversão, mas acolhida. É todo o mistério da atenção, ou antes, sua evidência própria: só podemos ser atentos nos esquecendo, e é nisso sem dúvida, como dizia Simone Weil, que "a atenção absolutamente pura é prece". Ressurreição? Em todo caso não no sentido próprio! Como seria possível, já que é o eu que morre? Como ressuscitá-lo, sem o tornar novamente prisioneiro de si mesmo? Nisso os orientais são mais lúcidos do que nós. Só poderíamos renascer para morrer de novo, para sofrer de novo, e esse ciclo das egoidades sucessivas (o *samsara*) seria antes, por conseguinte, exatamente aquilo de que convém se libertar. Você deve desconfiar de que não acredito em reencarnação. Mas trata-se, pelo menos, de uma maneira bastante justa de colocar o problema: o eu não é aquilo que se trata de salvar, mas aquilo de que se trata de nos libertar. A reencarnação não é uma salvação, mas um caminho. Certos ocidentais põem-se estranhamente a acreditar nela, mas quase sempre em sentido contrário: veem nela um consolo narcísico, mais um, uma esperança, uma salvação para o *ego*. "Um sujeito como eu nunca deveria morrer", dizem eles com Folon (mas ele dizia por brincadeira), e ei-los sonhando com renascer... É se enganar de cabo a rabo. No budismo não é o eu que se reencarna (já que eu serei outro), nem o Si (já que não há Si), e nesse sentido ninguém se reencarna: a reencarnação nada mais é que um processo sem sujeito (a "produção condicionada"), que coloca o sujeito, e todo sujeito, de volta em seu devido lugar, o de um agregado impermanente... O fim não é encontrar seu querido euzinho noutra vida, mas se emancipar dele, o máximo possível, até a libertação final, até a extinção – *nirvana* – na luz ou na verdade... A salvação, a única, é quando não há mais ninguém a salvar: quando não há mais que tudo. Como o paraíso dos cristãos, ao lado, parece prisioneiro do narcisismo! Dito isso, poderíamos interpretar de outro modo a ressurreição de que falam os Evangelhos. Sou como Spinoza: tomo a crucifixão de Cristo ao pé da letra, mas sua ressurreição em sentido alegórico. Para significar o quê? Não que Cristo não tenha morrido, mas que viveu em eternidade; não que tenha ressuscitado, mas que a morte não pôde lhe tomar nada... O que se pode tomar ao dom, quando ele não tem nada a dar além de si? É isso o céu na terra, de fato, é isso a única graça. A vida libertada de si: a eternidade. O desejo libertado da falta: o amor. A verdade sem frases: o silêncio. Misticismo? É uma palavra grandiosa demais para a simplicidade de viver. Ou então seria preciso explicar que o misticismo nada mais é que a ponta extrema do vivente, quando ele se arranca de si (característica comum a todas as experiências místicas: já não há *ego*), quando não há nada mais que o ser e a alegria, que o ser e o amor... Só parece misterioso porque geralmente somos incapazes disso: o *ego* ocupa todo o lugar.

Mas como, depois da perda da esperança, depois dos lutos sucessivos, como reencontrar esse amor "extraordinário" de que você fala? Esse amor supõe a perda da inocência? Ele pode se alimentar de outra coisa que não o desejo? De que tipo de amor se trata?

O amor não precisa de esperança; o desejo não precisa de esperança. A sexualidade nos ensina isso, não é?

E o horror o confirma... Que seja possível amar depois do luto (como acontecimento), é a isso que o próprio luto tende (como trabalho). Mas cuidado: não vamos imaginar sabe-se lá que amor que fosse extraordinário por oposição a outros que não o seriam! O próprio amor é que é extraordinário, todo amor, mesmo que se trate, como quase sempre, de amores muito comuns. Eu queria simplesmente dizer que nada tem importância, que nada tem valor, salvo pelo amor que depositamos ou que encontramos. Uma estrela que se extingue, que importância tem? O fim do mundo, que importância? Nenhuma, se não amássemos o mundo ou a vida! É o sentido do relativismo de Spinoza: não é porque uma coisa é boa que nós a desejamos, é porque a desejamos que a julgamos boa. Mozart só vale para quem gosta dele. Mesmo que o gênio fosse uma noção objetiva, ninguém é obrigado a fazer dele um valor. O peso, por exemplo, é medido objetivamente; mas por que iríamos preferir sempre o mais pesado? Mesmo que fosse possível demonstrar objetivamente (é claro que é impossível) que Mozart é o maior músico de todos os tempos, isso não faria dele um valor objetivo; pois antes seria preciso demonstrar que a música é preferível à ausência dela, e isso não podemos – ou não poderíamos, se não gostássemos de música! Pode-se objetar que é possível demonstrar que a música faz bem para a saúde... Sem dúvida. Mas o que vale a saúde, se a vida não vale nada? E o que vale a vida, se não a amamos? Não há portanto valor absoluto: a beleza só vale para quem a ama, a justiça só vale para quem a ama!

E a verdade? Ela não precisa que a amemos para ser verdadeira, por certo, mas sim para valer. E o amor? Ele só é um valor na medida em que o amamos, e é por isso que o é. Spinoza contra Platão. Não é o valor do objeto amado que justifica o amor, o amor é que dá ao objeto amado seu valor. O desejo é primeiro: o amor é primeiro. Ou antes (pois o amor só seria absolutamente primeiro se Deus existisse), o real é que é primeiro, mas ele só vale pelo e para o amor.

Logo, é claro, o amor se nutre do desejo, como você diz, o amor *é* desejo. Como poderia ser diferente? É quase uma questão de definição. Tomo "desejo" mais no sentido de Spinoza do que no de Freud: o desejo não é mais que a força de vida em nós, a vida como força. É potência de gozar, e gozo em potência. A sexualidade é um bom exemplo disso, e mais ainda talvez. É aí que nos encontramos com a psicanálise. É possível que Freud tenha razão, e tenho certeza, em todo caso, de que ele não estava errado em tudo. Mas deixemos isso de lado. O importante é não confundir desejo e falta. Ou antes, trata-se de duas formas do desejo: posso desejar o que me falta, claro, e é um sofrimento (é o caso da sede, quando não tenho o que beber); mas também desejar o que não me falta, e é um amor. Desejar a água que bebo e gostar dessa água, qual é a diferença? Você me dirá que há uma diferença entre amar uma mulher e desejá-la... Mais uma vez, é uma questão de vocabulário. Eu diria antes que é possível desejar a mulher que está presente, isto é, amá-la, alegrar-se com sua existência (Spinoza: "o amor é uma alegria acompanhada pela ideia da sua causa"), ou então desejar apenas o prazer que se espera ou se obtém dela, o que é amar também, mas é amar apenas o prazer ou a si mesmo... No fundo, isso coincide com a diferença tradicional entre *eros* e *agapé*, digamos, com são Tomás, entre o amor de concupiscência (que só ama o outro para seu próprio bem) e o amor de benevolência (que também ama o outro para o bem desse outro). Na maioria das vezes, esses dois amores se misturam. A paixão amorosa decorre, claro, de *eros*: é o amor que toma. A amizade tenderia para o outro lado: o amor que se rejubila e compartilha (*filia*) tende para o amor que dá (*agapé*). Mas quem não vê que também existe concupiscência na amizade, e benevolência no casal? *Eros* e *agapé* – o amor a si, o amor ao outro – andam juntos, e é isso que se chama amor. No entanto há entre os dois uma diferença de orientação, e a *amizade marital*, como dizia lindamente Montaigne, não poderia se confundir inteiramente com a paixão amorosa ou erótica. Isso não quer dizer que ela a exclui, muito pelo contrário! Mais uma vez, quase sempre as duas coisas andam juntas; e *agapé*, em todo caso, nunca existe sozinho. Daí uma tensão, em todo amor real, que pode constituir sua dificuldade, como todos sabem, mas também seu encanto ou sua força. Querer bem àquela que nos faz bem, o que há de mais espontâneo? Fazer amor com a melhor amiga, há coisa mais deliciosa? É o que se chama casal, quando é um casal feliz...

Você não falou nada da inocência...

É que não sei o que é isso! Se entendermos por inocência sabe-se lá que pureza angelical, todos nós somos culpados, sempre, é o que a sexualidade nos lembra. Que há uma criança em nós, é evidente, mas essa criança só é inocente, se o é, por ignorância, não por pureza! Um "perverso polimorfo", dizia Freud, e isso me diz mais sobre a infância do que a literatura melosa. A inocência, a partir do momento em que se diz, já se perdeu. Quem não gosta da pureza? Quem não deseja o impuro? Também gosto, na sexualidade, do que ela nos ensina sobre nós mesmos: toda a violência do desejo, todo o obsceno do amor... O que já vivemos que fosse mais forte que isso? Os filmes pornográficos são mais verdadeiros que nossas historietas sentimentais. Se há uma inocência, seria aceitar isso, plenamente. Por acaso podemos? Também há, no amor físico, o fascínio pelo abismo, a atração pelo mais sombrio, pelo mais turvo... Ainda bem que existe o prazer, a paz que o segue, a saúde que o acompanha! Há um momento em que temos de parar. É o próprio prazer, sempre terminado, sempre recomeçado. Ou então a sexualidade teria de nos deixar, ou nós teríamos de deixá-la, como um desejo esquecido de tanto ser satisfeito... Às vezes sonho com isso, mas o sonho nunca dura muito!

Há algo terrível no amor físico. Algo que me impede de fazer amor com meu "melhor amigo". Porque, se há demasiada benevolência, infelizmente não há mais muito sexo. Esse "momento em que é preciso parar", de que você fala, não sou obrigada a querê-lo! Há um momento em que já não é o amor a si ou o amor ao outro: acontece algo mais grave que no amor (ou sofremos ou nos entediamos). No sexo, arriscamos nossa identidade, a do outro. Arriscamo-nos a já não saber quem somos, a perder nossas referenciazinhas. O amor reforça a existência (o estado de falta, a espera). O sexo pode pôr a existência em perigo. O que você faz dessa violência?

Vivo com ela, amo com ela, como todo o mundo... E a controlo, apesar de tudo. Quem não faz isso? Que há algo terrível no amor físico, ou antes, algo que já não tem nada a ver com o amor, nem com a benevolência, nem mesmo com a identidade, concordo: daí esse halo de pavor que nos fascina. Um pouco de vida no estado puro: perturbadora, apavorante. Sempre colada à morte. Sempre colada a si. É o anjo de Rilke ("o belo nada mais é que o começo do terrível..."), e é o único. É a besta monstruosa, devoradora, perfeita. Um "bloco de abismo", como se disse de Sade. A noite escura: o horror ofuscante. Foi isso, aliás, que sempre me fez achar suspeitas as palavras de ordem "libertárias" da nossa juventude: "É proibido proibir", "Viver sem tempos mortos, gozar sem entraves"... Só tendo uns desejos muito bem comportados, para escrever isso num muro! Só interiorizando muito a moral, para imaginar poder prescindir dela! Por algum tempo, disseram-nos que o sexo era o diabo, e depois eis que quiseram transformá-lo em Deus... Um ridículo expulsa o outro, mas o ridículo permanece. Na verdade, o sexo não tem moral (a vida tampouco), mas é também por isso que ele nos obriga a ter uma. Porque, afinal, o fato de a maioria dos comportamentos sexuais serem moralmente indiferentes, o que é óbvio, não impede que certos comportamentos sejam moralmente condenáveis: a humilhação não consentida, o aviltamento imposto, a exploração forçada, o estupro, a pedofilia, a tortura, o assassinato... Nossa literatura erótica está cheia deles, e é por aí que ela escapa da literatura. Sade não inventou nada. Bataille não inventou nada. O horror está em nós, em nós a besta e o carrasco. Se nossos esquerdistas tivessem lido Sade com maior atenção, ou se o tivessem levado um pouco mais a sério, teriam evitado algumas ingenuidades otimistas... Eros é um deus negro, como diz Mandiargues, ou antes, não é deus nenhum, é talvez o que nos proíbe acreditar que é. *Post coitum omne animal triste*: é que ele saiu de si e de suas ilusões, é que ele viu a vida cara a cara, e que ela se parece com a morte como sua irmã gêmea... É também o que diz Freud, o que ele chama de pulsão de morte, e que quase sempre nos obstinamos a não compreender. Quando o desejo se retira, na maré baixa, no refluxo, na vazante de viver, o que ele descobre, em ambos os sentidos do termo, o que ele deixa atrás e diante de si é a própria morte que ele encobre, em seu fluxo, e que o carrega... "Sob as pedras da rua, a praia", dizíamos... A verdade, em matéria de sexualidade, é mais grave, mais obscura, mais apavorante. Sob o mar, o baixo mundo. Sob o amor, a morte.

    Logo, você tem razão: o sexo é violência, perigo, perda de referências... É por isso que ele mete medo, e não é por causa de sabe-se lá que moral repressiva que nos teriam inculcado. Aliás, por que essa moral, se o medo já não estivesse presente? Que seja necessário desculpabilizar a sexualidade, ou que se tenha tido razão de fazê-lo, é evidente. Mas será que por isso temos de considerá-la apenas um passatempo agradável? Seria passar de uma mentira a outra. Noto, aliás, que os jovens de hoje, apesar de terem sido criados por seus pais da geração 68, têm tanto medo quanto nós, e não apenas da aids. Eles têm medo da sexualidade, como todo o mundo, é o que chamamos de pudor: medo diante de si, e diante do outro.

    Não exageremos, porém, essa parcela de abismo ou de loucura: o corpo também tem seus limites, que mais cedo ou mais tarde encontramos, o corpo tem sua sabedoria – e o espírito, suas recusas! "Não sou obrigada a querer parar", você diz. Claro. Mas, afinal, você está viva, você nunca matou nem torturou ninguém (ou esse alguém consentiu, e aí já não é tortura!), e você, com muita sensatez, com muita prudência, deu um jeito de nunca se perder totalmente... E olhe que as mulheres podem ir mais longe, acho eu, que os homens, muito mais prisioneiros de si mesmos, de sua força, de sua violência, da mecânica dos seus desejos... Mas deixemos isso de lado: precisaríamos falar de detalhes que se tornariam indiscretos. O caso é que desconfio dessa tendência, de muitos, a superestimar a sexualidade, a fazer dela sabe-se lá que êxtase, que porta aberta para o absoluto, como se o universo estivesse ao alcance do orgasmo, como se vissem Deus no extremo do seu sexo! É muito orgulho. Nossos prazeres são mais corriqueiros; nossos abismos, mais medíocres. Não se deve exagerar a vida, como diz meu amigo Marc, e a tentação de exagerar nunca é tão grande quanto em matéria de sexualidade. E há também o seguinte, no amor: depois do furor do desejo, como diz Lucrécio, a grande ou pequena paz do repouso... O corpo é mais simples (ainda bem!) que os discursos que fazemos em torno dele, e mais próximo do animal, para o melhor e para o pior, do que do divino...

Quanto ao resto, você, evidentemente, faz amor com quem quer, amigo ou não! Mas, afinal, se a coisa se repete e perdura, nem que seja um pouco, com o mesmo, se vocês formam um casal ou algo que se assemelhe a isso, não vejo como você pode impedir que a amizade intervenha, com o tempo, logo também a benevolência, a intimidade tranquila, a cumplicidade, o humor, o amor, a doçura... De tanto fazer abismo comum, criam-se vínculos, não? E o fato de cada um permanecer sozinho, o que é a experiência de todos nós, só reforça esses vínculos, já que essa solidão compartilhada não é outra coisa que o próprio amor, tanto em sua violência (*eros*) como em sua doçura (*agapê*)... Sempre me impressionou a fórmula de Adorno, em *Minima moralia*: "Você só é amado quando pode mostrar sua fraqueza sem que o outro se sirva dela para afirmar sua força". Não fale mal da doçura, Judith. Se o amor é o contrário da força, como pretende Simone Weil, ou antes, o contrário da violência, se ele é uma força que se recusa a se exercer, uma potência que se recusa a dominar, o amor (o verdadeiro amor: *philia*, *agapé*) é doçura, e é isso que a mãe sabe perfeitamente, que a criança sabe perfeitamente; e graças a isso a humanidade se inventa, de geração em geração, superando apesar de tudo a besta que a devora. Por qual milagre? Não é um milagre. Toda fêmea sabe disso, em toda espécie mamífera. O caso é que entre os humanos (aliás, não apenas entre eles) mesmo o macho é capaz de sabê-lo, ou capaz de aprendê-lo. Não é um milagre: é a própria vida, que devora e que protege, que toma e que dá, que machuca e acaricia... O estupro existe no homem, e sem dúvida em todo homem. Mas não existe sozinho: também há o amante, e o amigo, e o pai... Violência e doçura. Que não devemos negar a primeira, nisso concordo com você; mas por que deveríamos recusar a segunda?

A experiência me ensinou que, se mostramos nossa fraqueza, o outro se precipita nela para torná-la maior. Não acredito nos benefícios do amor. Não acredito no paraíso do sexo. Ao contrário das mulheres da minha geração, que viveram a "libertação sexual", eu me lancei no amor como se fosse uma batalha. Aos vinte anos, escrevi um pequeno texto intitulado: "Sobreviver ao sexo"! Cada vez que tinha de fazer amor com um homem que eu amava, era um desafio. Um perigo. Na época, eu lia os escritos de Laure (que foi namorada de Georges Bataille), de que continuo a gostar, e também o livro de René: Le testament d'une fille morte. *Na verdade ela se chamava Colette Gibert, ela acompanhou Artaud a Rodez, recebeu-o em seguida em Paris e travou corajosamente com ele um diálogo de que nos restam lindas cartas (*Suppôt et supplication*), e principalmente um texto chamado* Le débat du coeur, *em que ela escreve: "Começo a entrever o sentido do encontro: o começo da destruição de mim mesma – inteiramente irreconhecível para qualquer um – mas sua certeza".*

Não recusar a doçura... "O amante, o amigo, o pai", como você diz. Três em um... Na doutrina cristã, acho que isso se chama "mistério"! Essa coexistência é um mistério para mim também. Quer dizer que você conseguiu vivê-la? Encontrar essa mulher que foi "amante, amiga, mãe"?

Deus me livre, se você quer dizer que a mesma mulher seria para mim as três ao mesmo tempo! Uma só mãe, na vida de um homem, já chega... Mas se quer dizer que um homem pode ter por amante e amiga a mãe de seus filhos, claro que sim e ainda bem que sim! Não há nada de excepcional nisso: é a regra comum dos casais, sua banalidade cotidiana. "Três em um", você disse, "é um mistério..." Que nada. Há muito mais que três, aliás. Há também aquele que ama o pensamento (digamos: o filósofo), o que ama a boa mesa, o que ama o silêncio ou a solidão, o que ama Mozart e Schubert... Não é três em um: é um indivíduo – qualquer um – que não para de amar diferentemente coisas diferentes... O coração inumerável: é o próprio coração. Mas voltemos ao casal. A não ser que detestemos a pessoa com quem vivemos, a não ser que já não desejemos nem um pouquinho a pessoa com quem dormimos, como evitaríamos, na família, esses jogos da doçura e do desejo? Aliás, é o que a separação vem interromper (e olhe lá: às vezes doçura e desejo sobrevivem até ao divórcio), e tem de haver alguma coisa a interromper... Não se deve sonhar um casal. Essas histórias de grandes paixões satisfeitas, de amores que duram para sempre, hoje mais que ontem e muito menos que amanhã, é evidentemente literatura, e da pior: é mentira. Quando você diz não acreditar nos "benefícios do amor", se entende com isso os benefícios do estado amoroso, tem evidentemente razão, e eu também não acredito neles. Temos de viver a paixão, quando ela está presente, mas é sensato então não esperar nada dela, ainda mais benefícios! No entanto a paixão não é o todo do amor, e não é nem mesmo o essencial dele. Os filósofos mentem menos, a esse respeito, do que a maioria dos poetas e dos romancistas. Essa exaltação do *eros*, esse delírio do imaginário e do desejo, esse narcisismo a dois, eles nunca puderam levar inteiramente a sério. Muitas vezes isso choca as mocinhas: elas gostariam que os filósofos lhes dessem razão. Mas como, se a vida não lhes dá? Não se deve sonhar um casal, mas também não se deve sonhar a paixão; vivê-la sim, quando ela está presente, mas não lhe pedir que dure, não lhe pedir que baste, não lhe pedir que preencha ou guie uma existência! Isso não passa de uma tapeação do *ego*. A verdadeira questão é saber se é preciso parar de amar quando se deixa de estar apaixonado (e nesse caso só dá para ir de paixão em paixão, com longos desertos de tédio entre duas), ou se é preciso amar de outro modo, e melhor. Os poucos casais que conseguem fazê-lo mais ou menos, e eles existem apesar dos pesares, me parecem explorar essa segunda via, que é a mais difícil, sem dúvida, e a mais doce... Gosto dos casais, quando são felizes: gosto da intimidade deles. Da sua cumplicidade, do seu humor, do seu erotismo cotidiano... Esses amantes sabem que o desejo é outra coisa e mais que uma falta, o amor é outra coisa e mais que a paixão. Não se deve sonhar um casal, mas também não se deve caluniar a vida. Lembre-se do que escreve Rilke, nas *Cartas a um jovem poeta*: "Devemos nos apegar ao difícil. Tudo o que vive se apega... É bom estar só, porque a solidão é difícil. Também é bom amar; porque o amor é difícil...". Há coisa mais boba, ao contrário, quero dizer mais fácil, do que se apaixonar? Está ao alcance do primeiro adolescente que chega, e é ótimo que assim seja: começar pelo mais fácil é boa pedagogia! A vida sabe sem dúvida o que faz, ou pelo menos, sem saber, faz bem. Mas, enfim, a adolescência só dura um tempo, ainda bem também. Um amigo meu, ele tinha uns quarenta anos, me disse um dia: "Cada vez que me apaixono, é sempre como da primeira vez!". Fiquei com pena dele:

isso queria dizer que ele não tinha aprendido nada. Quanto a mim, foi diferente todas as vezes: eu acreditava cada vez menos na paixão e cada vez mais no amor. Isso não me impediu de me apaixonar novamente, claro, mas pelo menos me impediu de ter muitas ilusões a respeito. Um amigo me perguntou recentemente que tipo de mulher eu amava... Respondi: "As que não têm ilusões sobre os homens, e que apesar disso os amam". Essas mulheres existem, você faz parte delas, e é o mais lindo presente que você pode nos dar: um pouco de amor verdadeiro, de desejo verdadeiro, de prazer verdadeiro... É disso que gosto na nudez, na sexualidade, no encontro arriscado dos corpos: essa verdade que às vezes aí se joga, que aí se desvenda, que aí se entrega... Isso supõe, quase sempre, dar-se o tempo de se conhecer, de se familiarizar, de se amar. Depois a vida passa, e nós com ela... Pular de paixão em paixão? Sinceramente, passei da idade.

Quanto às mulheres que amei ou que amo, se você me permitir vamos deixar esse assunto de lado.

Voltemos então aos livros... Não fiz estudos, no entanto os livros foram o que mais contou. Eles é que me salvaram. A leitura foi para mim uma verdadeira experiência. O que Péguy chama de "um reforço do ser", foi na leitura que encontrei.

Por que você diz: "A filosofia não tem a menor importância. Os romances não têm a menor importância"? Não acredito em você. Será que você retiraria hoje do

livro essa força, essa verdade, essa perturbação que ele pode provocar?
Um livro, diz Kafka em seu diário, deve ser o machado que quebra em nós o mar gelado...

Um escritor que ainda crê na literatura, o que ele pode nos trazer de verdadeiramente importante? E um filósofo, se ainda crê na filosofia? Se eles nem sequer atravessaram a vanidade do que fazem, do que os ocupa? Se ainda levam a sério sua obra ou a si mesmos? No entanto Kafka tem razão: um livro é um machado, em todo caso pode ser. Pode quebrar o gelo. Pode quebrar grilhões. Mas quem cultuaria machados? Quem os preferiria às ondas do mar ou às florestas? Quem consagraria a vida a eles? Quebrar o mar gelado, sim. Mas é o mar que vale, o mar imenso (o mundo, a vida), que contém todos os livros e que nenhum livro contém, de que todos os livros falam e que não fala. Quantos autores, quantos leitores são absurdamente como navegantes que colecionassem machados e se esquecessem de navegar? Vi sua biblioteca: todos aqueles livros bem arrumados... A minha é mais desorganizada, mas é a mesma coisa. Todas as bibliotecas se parecem: são mortos verticalmente comprimidos. Que estejam lá várias obras-primas e até, na sua ou na minha, que só estejam lá, por assim dizer, obras-primas, é evidente. Mas para que as obras-primas, se não houvesse a vida, e se a vida não valesse mais que as obras-primas? Não sei por que, de repente, penso em La Fontaine, naquele epitáfio que ele redigiu para seu próprio túmulo: "Da sua vida, fez duas partes, que passou uma a dormir, a outra a não fazer nada". E no entanto esse tinha gênio, e quantas obras-primas lhe devemos! Mas, justamente, é essencial a essas obras-primas que ele não se tenha deixado enganar por elas, quero dizer que elas só são tão soberanamente bem-sucedidas porque ele nunca as levou, nem à literatura, completamente a sério. Mesma coisa para Pascal ("zombar da filosofia é filosofar de verdade..."), mesma coisa para Montaigne: "Compor nossos costumes é nosso ofício, não compor livros... Nossa grande e gloriosa obra-prima é viver convenientemente". Os livros ajudam, às vezes, admito (e o de Montaigne mais que qualquer outro!); mas eles não poderiam fazer as vezes disso. Quantos grandes homens, quantos grandes pensadores nada escreveram? Quantos fulaninhos fazem livros? É uma ideia que na minha adolescência me deu muito que pensar: os maiores mestres deviam ter se desligado também da literatura, e portanto, por não terem escrito nada, em todo caso por não terem publicado nada, deviam ser totalmente desconhecidos... É uma ideia que encontrei ao mesmo tempo no Tao: "O homem perfeito não tem eu, o homem inspirado não tem obra, o homem sábio não deixa nome". Ao lado disso, que vanidade a dos nossos livros! Sabe, quando ingressamos na École Normale Supérieure, na Rue d'Ulm, à parte o momento das notas, o maior choque é quando penetramos pela primeira vez na biblioteca... Sentimo-nos alguém, pensamos nos gloriosos ancestrais, na obra a escrever, em suma, somos completamente ridículos. E depois passeamos... O encanto dessa biblioteca (que a distingue tremendamente das que eu havia frequentado até então: Sainte-Geneviève, Sorbonne...) está em que circulamos livremente por ela, procuramos nós mesmos os livros de que necessitamos, nos perdemos nela, nos afogamos nela... É uma das grandes bibliotecas da França, sem dúvida, mas afinal não é a Bibliothèque Nationale: só encontramos nela livros que foram escolhidos, selecionados, isto é, ao todo, como nos explicaram no dia do início das aulas, algo em torno de quinhentos mil volumes, apenas na biblioteca de letras... É pouquíssimo em relação à BN (treze milhões de volumes) ou à Biblioteca do Congresso de Washington (vinte milhões de volumes!). Mas, para um indivíduo, já é avassalador... Pode fazer o cálculo. Ingressamos na escola com mais ou menos vinte anos, e a biblioteca nos é acessível por toda a vida: digamos que pode proporcionar uma perspectiva de sessenta anos de leitura... Na melhor, ou pior, das hipóteses: um *normalieu* que lesse um livro por dia, todos os dias que Deus faz, durante sessenta anos, leria no fim das contas uns vinte e dois mil livros, ou seja, pouco mais de 4% de uma biblioteca de boa qualidade, claro, mas exclusivamente literária (ora, os livros de ciência também existem!) e, por sinal, bem pobre no que concerne à literatura estrangeira... Vale a pena? Quem quereria uma vida assim? Imagine só nosso homem, aos oitenta anos: tendo passado a vida toda lendo (um livro por dia é muita coisa, principalmente se do lote constarem livros de filosofia!), morrerá esgotado, quase sem ter vivido e, bem possivelmente, sem ter aprendido nada de importante... Aliás, se os livros lhe tivessem ensinado o essencial, ou se ele tivesse sabido encontrar neles o essencial, teria continuado essa vida de louco? Quanto aos outros, as pessoas normais, os que leem, como você e eu, digamos um livro por semana em média (levei três meses para ler a *Crítica da razão pura*, consagrando-lhe todas as minhas manhãs, e desde então voltei a ela várias vezes depois disso...), terão lido, no fim da vida, se viverem até bem velhos, e se nunca relerem, ou quase nunca, pouco mais de três mil livros, ou seja, muito menos de 1% (ou talvez 1%, se levarmos em conta os títulos que lá figuram em vários exemplares) dessa mesma biblioteca, no entanto bastante incompleta... Não sei se fiz esse tipo de cálculo desde a primeira visita. Mas lembro-me muito bem, em compensação, da espécie de opressão que tomou conta de mim naquele dia, entre aquelas incontáveis estantes, quando compreendi de repente que não apenas eu nunca leria tudo aquilo, nem a metade, nem um quarto, nem um décimo daqueles livros, como também que era perfeitamente vão e irrisório querer acrescentar – simplesmente porque eles levariam meu nome – três ou quatro volumes àquela massa já esmagadora e louca. A vida é assim: eu quisera entrar naquela escola porque diziam que ela se destinava, desde sempre, a formar futuros escritores e, mal entrei, a vanidade da literatura (e da filosofia também) veio desfazer meu sonho no próprio lugar em que ele deveria se realizar... Mas foi bom assim: era um pouco de ridículo e de ilusões que me abandonavam. Eu acreditava menos nos livros, é verdade, fazia menos questão de escrevê-los, mas estava na minha melhor disposição para escrever um dia, quem sabe, livros que não fossem nem demasiado vãos, nem demasiado vaidosos, nem demasiado inúteis...

Há outra coisa. Tenho três filhos, você sabe, três meninos, que não apenas são muito mais importantes para mim do que todos os livros, é claro, mas, além disso, não me preocupa nem um pouco saber o que vão ler, nem mesmo se a leitura será para eles, como foi para mim, uma coisa essencial. Claro, não desejo que sejam analfabetos. Li histórias para eles, compro livros para eles, logo vou lhes oferecer *Os três mosqueteiros* e *Vinte anos depois*, porque são livros que marcaram minha infância e porque, necessariamente (embora erradamente!) projeto um pouco a minha na deles... Mas não vou mais longe: é a vida deles, não a minha, e há tanta coisa mais importante, numa vida, do que os livros que lemos! Irão gostar de Proust ou não? Irão preferir literatura ou cinema? Ler ou praticar esportes? Letras ou ciências? Sinceramente, isso não me preocupa nem um pouco. Quanto a saber se vão ler a *Crítica da razão pura*, então, na verdade, para mim tanto faz! Falo nesse livro de propósito. Eu o retrabalhei recentemente, por causa dos meus alunos: é evidentemente um dos maiores livros de filosofia já escritos... Ora, sabe, não me importa nem um pouco que meus filhos o leiam ou não. Que sejam saudáveis, que sejam felizes, que saibam mais ou menos viver e amar, isso sim, é claro, tem importância para mim, e mais até do que eu gostaria. Mas que leiam Kant e Proust, não. Isso não quer dizer que os livros não sirvam para nada. Eles nos ensinam coisas, podem até nos ensinar um pouco, quando são grandes livros, a viver e a amar. Mas, mesmo então, não são essenciais: só valem a serviço da vida, ao passo que muitos intelectuais acham que a vida só vale a serviço deles... Tristeza, tristeza dos intelectuais! Tristeza, por exemplo, dos universitários! Sobre livros que ninguém lê, eles escrevem livros que ninguém lerá... É respeitável, comovente, se fazem isso por fidelidade ao passado e à sua função. Pode até ser útil. Erro ao dizer que ninguém os lê: a Universidade é um meio pequeno, mas necessário, que se reproduz assim, de professor a aluno, de tese em tese, de colóquio em colóquio... É só quando eles se levam a sério, ou a seus livros, ou à sua carreira, que se torna acabrunhante de tédio e de ridículo. Os melhores deles, os mais estimáveis, e conheço vários, são os que trabalham seriamente, sim, com a seriedade desesperada da inteligência, mas sem levar a si mesmos, e à sua obra, a sério. A humildade também é uma virtude intelectual: é o contrário da vaidade, e toda vaidade é tola. Mas cuidado para não torcer a coisa no outro sentido. Quando digo que os livros não têm importância, isso não quer dizer que não servem para nada. Quer dizer que o que importa não são os livros, mas aquilo para que servem, quando servem para alguma coisa. Ora, para que serviriam, senão para se viver um pouco menos mal? Os livros não têm importância: só a vida importa, e só merecem ser lidos os livros que se põem a seu serviço – só merecem ser lidos, por conseguinte, os autores que sabem que os livros não têm importância! Nosso amigo Christian Bobin é um bom exemplo disso; ele, que sabe tão bem dizer "a verdadeira vida, a que não está nos livros mas de que os livros dão testemunho...". Se ele é o maior poeta da nossa geração, como eu acho, não é apenas por ser mais talentoso do que os outros, é também porque ele, pelo menos, não se deixa enganar pela poesia! Lembre-se do que ele explicava a Charles Juliet: "Se a poesia não é a vida em seu mais lindo vestido, em sua mais franca intensidade, então não é nada – um amontoado de pequenas tintas, pequenos orgulhos, pequenos sofrimentos, pequenas ciências...". Eu diria a mesma coisa, *mutatis mutandis*, da filosofia. Se ela não é a vida em sua mais bela inteligência, em sua mais franca gravidade, para que a filosofia?

Voltando assim à sua pergunta, que podemos encontrar força, verdade, coragem, nos livros, é claro que concordo; mas encontraremos tanto mais isso tudo quanto menos tivermos ilusões sobre eles e, aliás, sobre a vida. É o seguinte: gosto da literatura e da filosofia por sua carga de desilusão; como poderia gostar dos livros que se alimentam (até ficarem obesos!) com as ilusões que têm a seu próprio respeito? Gosto dos livros pela verdade que desvelam; como poderia gostar dos que apenas acrescentam um véu a mais, ainda que este seja suntuoso ou raro? Gosto dos livros que se põem a serviço da vida; como poderia gostar mais deles do que dela, ou deles no lugar dela?

Aliás, você é como eu: você só voltou aos livros, em nossa conversa, porque eu não queria lhe falar das mulheres da minha vida... É sempre assim, e isso diz muito sobre os livros!

Esses livros, na minha biblioteca bem arrumada como você disse, são pedrinhas, referências que balizaram minha vida. São encontros. Alguns deles mudaram minha existência. Completamente. Não há apenas a reflexão, mas também o sonho, o delírio, o elã. Partir... Passar uma noite com Lautréamont não é tão ruim assim e muitas vezes é preferível a um encontro ou um bate-papo.
Nessa busca do alhures, há os que dispensam as palavras: os músicos. Os pintores. Que relação você teve com a pintura? O que conservou dela?

Claro que um livro pode mudar uma vida! É inclusive sob essa única condição que, de fato, vale a pena ser lido ou ser escrito... Mas isso confirma que os livros não valem por eles mesmos, nem para eles mesmos: só valem para os vivos, só valem pela vida que contêm, que suscitam ou que podem subverter! Tive a mesma experiência que você, com outros autores, outros encontros... Sim, há livros que me marcaram para sempre, que me transformaram: Baudelaire, Rilke, Pascal, Spinoza, Hume, Montaigne, Aristóteles... Também Proust e Céline... E, antes destes todos, *Os Thibault*, de Martin du Gard, e *Os alimentos terrestres*, de Gide. Como você vê, o conjunto é bem heteróclito, bem díspar, e de um valor bastante desigual. Martin du Gard é muito melhor do que se costuma dizer, mas não é Proust... Não tem importância. O efeito de um livro depende tanto de quem o lê, e do momento em que o lê, quanto do seu conteúdo ou do seu valor próprios. Li Gide e Martin du Gard bem cedo, entre catorze e dezesseis anos, no melhor momento portanto, o do entusiasmo ("Natanael, vou te ensinar o fervor..."), o da maior disponibilidade... E li outros, ao contrário, tarde demais para que me marcassem ou me comovessem de verdade. Foi o que aconteceu com Kafka, acho: quando li, todas aquelas histórias já não me interessavam, salvo seu diário, não por acaso... Quanto a Lautréamont, talvez seja o inverso: devo ter lido cedo demais, tenho dele apenas uma pálida lembrança da adolescência, e de repente você me deu vontade de relê-lo... Quantos acasos nisso tudo! Uma vida de leitura, uma vida de encontros... Mas você tem razão: esses encontros nos fazem e nos desfazem, tanto ou mais, às vezes, que os outros... Quer ouvir uma confissão ridícula? O livro que mais me marcou, mais profundamente, mais definitivamente, acho que foi *Vinte anos depois*, de Dumas. Quando se gostou de Athos como eu gostei, aos dez ou onze anos, depois durante a adolescência (acho que foi o primeiro livro que reli, e reli várias vezes), uma porção de coisas são definitivamente excluídas: o otimismo, claro, o humanismo tolo, mas também o niilismo, a frivolidade, a sofística, a mentira, a frouxidão, a vulgaridade, a baixeza, o abandono aos modos ou às facilidades do momento... E depois outras coisas que, ao contrário, são evidentes: a gravidade, a solidão, o sentido da amizade, certa ideia da nobreza e da coragem, certo desespero... Às vezes penso que tudo o que escrevi, nestes quinze anos, essas centenas de páginas, era apenas para dar a Athos a filosofia que ele merece. No entanto sei muito bem que, se fosse descobrir hoje *Os três mosqueteiros*, *Vinte anos depois* e *O visconde de Bragelonne*, não me causariam grande impressão: com toda certeza eu nem chegaria ao fim! O que os gregos chamavam de *kairos*, o tempo oportuno, o momento propício, a ocasião favorável, também vale para a leitura. Tenho mais admiração hoje em dia por Proust ou Flaubert, e sei quanto eles também me marcaram em profundidade. Mas menos que Dumas, e por razões que não pertencem à literatura, mas à vida, à minha no caso, com o que isso supõe de contingência e de irreversibilidade...

Busca do alhures? Sim, sem dúvida. Dumas me fez sonhar, quase delirar: passei horas, dias, a cavalo ou na corte, no século XVII, no barulho das espadas, entre Athos e d'Artagnan! Eu era Bragelonne ou Luís XIV, nada menos (Athos nunca: não teria ousado), e são talvez as horas mais felizes ou mais exaltadas que já vivi... A infância é um milagre e uma catástrofe, e esse milagre é de fato um sonho, e esse sonho é uma catástrofe... Mas, afinal, cresci. O sonho me interessa cada vez menos: prefiro hoje os livros que me trazem ao real, à verdade, à lucidez... Antes os filósofos e os poetas, mais uma vez, que os romancistas, e de preferência os que não creem nem na filosofia nem na poesia. Montaigne, Pascal, Valéry, Alain, Simone Weil, Wittgenstein, Bobin, Laforgue... É meu panteão do momento: vai mudar, já que não há panteão. A literatura não é uma religião, aí está, os escritores não são deuses, ou sou ateu também dessa religião. Quanto mais os livros me marcaram, menos acreditei neles. É uma forma de desespero, se você quiser, mas tônico, cheio de vida, salubre. Sob os livros, a vida; sob as palavras, o silêncio. Você conhece a fórmula de Valéry: "O belo é o que desespera". Um belo livro deve portanto nos desesperar dos livros também. É o mais lindo presente que alguns grandes escritores me fizeram: eles me libertaram deles libertando-me de mim, ou me libertaram de mim, pelo menos um pouco, libertando-me deles... Sabe, quando o mar se retira na maré baixa e caminhamos ao longo da praia: aquela doçura súbita, aquela tranquilidade, aquela liberdade... Até parece que algo de nós se foi com ele, lá longe, nos deixou, e isso cria como que uma nova paz, como que uma nova leveza. A gente respira melhor. Anda melhor. Como a praia é grande! Como o céu é bonito! Estou nesse ponto: leio cada vez menos; passeio, descalço, na areia... Enfim, tento, e só gosto dos livros que me ajudam a fazê-lo.

No que concerne aos pintores ou aos músicos, é mais ou menos a mesma coisa, de forma mais nítida. Schubert e Chardin mudaram minha vida, não pouco a pouco, como os filósofos ou os romancistas, mas de repente. Foi no ano seguinte ao concurso para o magistério. Eu fingia viver e ser feliz, aliás com cada vez menos sucesso, cada vez menos convicção: levava uma existência estúpida e vã de jovem intelectual parisiense. Depois, um dia, descia o Boulevard Saint-Michel com meu melhor amigo da época, paramos diante da vitrina de uma loja de discos. Meu amigo me mostra um disco vendido em liquidação: "Conhece?". Não, não conhecia: era *A morte e a donzela*, de Schubert, pelo Quarteto Húngaro. "Compre", disse meu amigo, "está baratíssimo e é genial!" Foi o que fiz. Assim que voltei para casa, ouvi-o no velho toca-discos que eu tinha: pareceu-me árido, ácido, desagradável... Mas eu gostava daquele amigo, confiava mais nele do que em mim mesmo: ouvi e tornei a ouvir o disco, dezenas de vezes, em alguns dias... Logo veio a emoção, depois a admiração, depois as lágrimas... Tanta gravidade, tanta profundidade, tanta beleza! Eu via minha vida, por contraste, como ela era: absurda, frívola, infeliz. Tudo aquilo por que eu ainda me interessava, quinze dias antes, me pareceu irrisório. Todos aqueles livros, todos aqueles filmes, todas aquelas discussões, todos aqueles projetos... Resolvi imediatamente, por exemplo, só ler livros que pudessem ser comparados, sem demasiado ridículo, com *A morte e a donzela*... Você pode imaginar como isso seleciona! Adeus teses e ensaios brilhantes! Adeus "*nouveau roman*" e críticas de vanguarda! Algo se rompeu, algo que me separou da modernidade do momento, que me afastou de vários dos meus amigos, às vezes dolorosamente, para me remeter a mim mesmo, à infância, à solidão, a Athos... Entrei então num período estetizante e arcaizante, de que tive de sair mais tarde (a arte também é uma armadilha, tanto mais temível quando só consideramos seus ápices), mas que pelo menos me salvou do parisianismo e do intelectualismo nos quais eu banhava... Foi nessa mesma época, graças a Schubert portanto, que descobri Chardin. Aconteceu que, naquele ano, quando eu havia passado a só me interessar pela arte, houve duas grandes retrospectivas simultâneas, em dois museus diferentes, uma consagrada a Magritte, a outra, talvez você se lembre, a Chardin. À minha volta, claro, falava-se principalmente de Magritte... Vi as duas exposições quase no mesmo dia. Magritte me decepcionou: era muito menos bonito do que nos cartões-postais. Já Chardin mexeu muito comigo: era tão mais bonito, mais verdadeiro, mais profundo, mais sutil, mais rico, mais leve, mais precioso, mais luminoso, não apenas do que as poucas reproduções que eu conhecia, é óbvio, mas até mesmo do que tudo o que eu fora capaz de ver ou admirar! Era a primeira vez por exemplo, eu era muito ignorante, que eu compreendia o que era a *matéria* num pintor, o que ela tem a ver com a verdade, com o tempo que passa ou que não passa, digamos com a eternidade, e o que pode haver nela de inesgotável, de maravilhoso, de dilacerante... Eu, que até então só gostava de Van Gogh e Picasso, me descobri outra pessoa, com gostos que não conhecia em mim: apaixonado pela doçura, pela simplicidade, pela verdade, pela humildade... Foi um período estranho, sabe, e se quisesse contá-lo não terminaria mais: teria de falar também de Mozart e Beethoven, de Vermeer e Corot, de Corneille, de Rilke, de Victor Hugo, de Michelangelo, de Ravel, de Bach... E de uma mulher, claro. O caso é que a arte e o amor me curaram da vida vã e mentirosa que eu levava então, desses "jogos fáceis e frívolos, como diz Rilke, pelos quais os homens tentam se furtar à gravidade da existência". Depois a filosofia me libertou da arte, pouco a pouco, depois dela mesma... O que resta? Resta a vida, a vida real, com a arte nela, com a filosofia nela – mas a seu serviço, e não mais no seu lugar! Resta a gravidade da existência, de fato, essa gravidade que não é nem o peso nem a seriedade. Que a vida possa ser grave e leve, grave e irrisória, é justamente o que de mais precioso a arte nos ensina, de mais dilacerante, e que a filosofia nos ajuda a compreender ou a aceitar... É por isso que Mozart é o maior sem dúvida, ou o mais insubstituível, em todo caso foi ele que me fez sentir melhor (embora apenas por momentos, por clarões: o que Mozart tem a nos dizer, só raramente somos capazes de entender, mas é algo que não se esquece) o que a vida tinha de milagroso e de desesperado, de muito simples também, de muito leve, de muito puro, em suma: que a vida era graça e que não há outra graça que não o amor... Conhece os discos de Dinu Lipatti e Clara Haskil? Não ouvi nada mais lindo, mais próprio – tenho vontade de dizer: *mais verdadeiro*. Que leveza, porém, que simplicidade, que humildade! Nem todo o mundo é capaz de tocar Mozart, nem de gostar dele, nem de fazer gostar dele. O virtuosismo de nada adianta para isso. A vontade de nada adianta. A graça, por definição, não se decide, não se conquista. O amor não é uma questão de vontade, nem de técnica, ou estas não passam de condições prévias. Prévias a quê? A certo abandono, a certa transparência, a certa facilidade, a certa pureza ou leveza... Nada de angelismo demais, porém. Que a graça não basta, você sabe tão bem quanto eu, e é o que Beethoven ou Schubert não param de nos lembrar. Também precisamos de coragem, doçura, ternura... A vida é tudo isso, e é tudo isso que a música exprime, que a poesia canta, em seus melhores momentos ("A vida aí está, simples e tranquila..."), que a filosofia tenta pensar... A arte a serviço da vida, portanto, e não a vida a serviço da arte! O mundo, não obstante o que Mallarmé tenha dito, não é feito para resultar num belo livro. É o contrário: os livros só são feitos para dizer a beleza ou o horror do mundo (a beleza *e* o horror), o deslumbramento de viver, a dilaceração de amar... Depois o esforço, a angústia, a solidão, o cansaço... Quanta coragem nos foi precisa, apesar de tudo! Essa coragem se encontra nas grandes obras, em todas, e é por isso que elas dão coragem.

Tudo o que você diz é tão bacana... Bacana demais talvez. Eu também passeio descalça na areia, mas costumo perder o equilíbrio, e a areia se torna movediça. A leveza, a pureza se tornam difíceis, uma verdadeira conquista. O deslumbramento de viver nunca cessou. A rejeição do mundo também não. Nem a revolta.

Sim, conheço os lindos discos com Clara Haskil... Também ouvi muito Yves Nat... As últimas sonatas de

Beethoven. Mas amei apaixonadamente os vivos da minha juventude. Amei os que foram contra o mundo, em seu reverso... Janis Joplin... Jim Morrison... Há uma forma de violência com a qual me identifico: a fúria de viver contra. Você conhece o ódio? A quem?

O ódio? Cada vez menos! A cólera e o desprezo, sim, ainda um pouco. Mas ódio... Você conhece o que Spinoza escreveu: "Os homens se odeiam tanto mais ao se imaginarem livres". Digamos que tenho demasiada consciência da necessidade de odiar tudo de verdade. Quem odiaria o mar ou o vento? E o que somos, senão uma borrasca ou uma brisa, no grande vento do real? Senão uma gota d'água no mar imenso? Quem se escolhe a si mesmo? Seria preciso não ser nada, foi Sartre que viu isso, e que o refuta. A liberdade (no sentido metafísico do termo: o livre-arbítrio, a escolha de si por si, o poder indeterminado de se determinar a si mesmo...) só é possível com a condição de não existir. O real nos separa dela: nosso corpo, nossa vida, nossa história. Um patife nunca é mais que uma criança que não deu certo. E o que podemos recriminar a uma criança? E quem escolhe dar errado? Contaram-me que certo dia Malraux interrogou um velho padre, para saber o que ele retinha de toda uma vida de confessor, que lição ele tirava dessa longa familiaridade com o segredo das almas... O velho padre lhe respondeu: "Vou lhes dizer duas coisas: a primeira é que as pessoas são muito mais infelizes do que se imagina; a segunda é que não há grandes pessoas". Bonito, não é?

O segredo é que não há segredo. Somos essas criancinhas egoístas e infelizes, cheias de medo e de raiva... Odiar? Seria não compreender e se dar razão de um modo demasiadamente fácil. Uma vez que renunciamos à superstição do livre-arbítrio, à ideia de que as pessoas são o que são de propósito, o ódio se aplaca. Para ceder lugar ao amor? Nada de sonhos. Antes para ceder lugar, e pouco a pouco, à misericórdia e à compaixão. O amor seria melhor, claro, mas somos capazes dele? Tão pouco, tão raramente, tão mal... A misericórdia e a compaixão estão mais a nosso alcance. É nisso que a mensagem de Buda, por certo menos ambiciosa ou exaltante, é sem dúvida mais realista que a de Cristo... A beatitude, para quem não crê no além, é pedir demais, não? Enfim cada um faz o que pode, e não se pode grande coisa. Mas, justamente, e isso nos traz de volta ao ódio, tenho plena consciência do pouco que somos e que podemos, tenho plena consciência da nossa miséria, como diz Pascal, tenho plena consciência de nossa fraqueza, plena consciência dos determinismos que pesam sobre cada um de nós, dos acasos que nos fazem e nos desfazem, para poder detestar de verdade. Como odiar um animal? E que outra coisa somos? Não acredito suficientemente na humanidade para detestar os homens. O anti-humanismo e a misericórdia andam de mãos dadas. "O materialismo", dizia La Mettrie, "é o antídoto da misantropia": ele é tanto mais humano quanto menos é humanista (quanto menos ilusões tem sobre os homens). Emprego "anti-humanismo", como você compreendeu, no sentido de

Althusser: não se trata dos direitos humanos, mas da concepção que se tem da humanidade, não do que *queremos* para os homens (do humanismo prático) mas do que *pensamos* deles (aquilo que levava Althusser a falar de anti-humanismo *teórico*). Ora não tenho uma opinião suficientemente boa deles para lhes recriminar o mal que podem fazer, não tenho ilusões suficientes sobre a liberdade deles para poder odiá-los. Inversamente, quantos humanistas fizeram os homens pagar caro a elevada ideia que eles tinham da humanidade?

Quer isso dizer que tudo vá bem, no melhor dos mundos? Ao contrário! Tudo vai mal, já que tudo morre, já que toda vida é sofrimento, como diz Buda, já que não sabemos amar nem perder... Mas, novamente, isso leva mais à compaixão do que ao ódio. "A leveza, a pureza se tornam difíceis", diz você. Como é verdade! Como a vida às vezes é pesada! Como gostaríamos de sentar e chorar! Sim, o que permanece em mim não é o ódio: é o horror, o nojo, a recusa, as lágrimas. É a loucura, em certo sentido: a sabedoria seria aceitar tudo. Mas estou pouco me lixando para a sabedoria. Ou, se, a rigor, topo aceitar, já que não há como fazer de outro modo, recuso-me a celebrar. O mundo não é Deus. A verdade não é Deus. Aceitar, suportar, sim, já que é necessário; mas não me peçam para aplaudir! O mundo é atroz, a vida é atroz: todo esse sofrimento, todas essas injustiças, todos esses inúmeros horrores... É Laforgue que tem razão, também nesse ponto: "A vida é verdadeira e criminosa". Que fórmula mais exata pode haver? Dirão que também há prazeres, alegrias...

Claro, mas isso não compensa! Mil crianças que riem não contrabalançam uma que sofre ou morre. O horror é mais forte. O sofrimento é mais forte. A morte é mais forte. Isso não impede de gozar a vida enquanto ela está presente, o prazer enquanto está presente. Mas impede, ou deveria impedir, que gozemos com demasiado entusiasmo ou egoísmo. A única sabedoria hoje aceitável é uma sabedoria trágica, como diz meu mestre Marcel Conche, em outras palavras, uma sabedoria que não passa ao largo da atrocidade cotidiana: uma sabedoria que não faz como se o pior não existisse, como se Auschwitz não existisse, como se o sofrimento das crianças e a decrepitude dos velhos não existissem... Sabedoria trágica: sabedoria do desespero. Nunca pude suportar, ao invés, as sabedorias da justificação, da celebração, da glorificação: as sabedorias do esquecimento, do otimismo ou da mentira! Por exemplo, em Leibniz, essa vontade obscena de tudo celebrar, mesmo o pior, em nome do melhor, e de dar razão a Deus, o que quer que ele faça ou o que quer que aconteça. Nem, em Hegel, essa teodiceia da história, como ele diz, essa justificação de Deus, essa glorificação do Espírito ou do Estado, tudo o que se assemelha a uma providência, como ainda ele diz, ou que faz as vezes dela... Mesmo nos estoicos, apesar da grandeza deles, isso me incomodou por muito tempo ("São os puxa-sacos de Deus", eu me dizia, "os capachos do destino"), e ainda hoje isso me impede de acompanhá-los totalmente. Religião demais. Submissão demais ao Deus-Mundo. A desculpa deles é que não esperavam nada dele, nenhuma recompensa. E isso os desculpa totalmente? Aceitar o horror, tudo bem; mas ainda por cima ter de dizer obrigado e aplaudir? Prefiro a doçura desesperada de Epicuro e a cólera de Lucrécio...

Yves Nat? Conheço-o principalmente em Schumann, e não gosto de Schumann. Sombrio demais, indistinto demais, louco demais... Tenho bastante que fazer com minha própria melancolia para me estorvar com a dele! Mesmo em Schumann, aliás, prefiro Clara Haskil ou Dinu Lipatti. Por exemplo, os três gravaram o *Concerto para piano*: Dinu Lipatti me parece nitidamente superior, aqui também pela graça, pela nobreza, pela leveza, por não sei que elegância soberana, que provém muito mais da vida espiritual do que da estética... Até parecia um santo que tocasse piano. Será que era? Não sei. Mas um patife não tocaria assim. Já nas *Cenas infantis* (não creio que Dinu Lipatti as tenha gravado, mas Yves Nat sim, duas vezes, e por acaso tenho os dois discos), especialmente na *Träumerei*, é Clara Haskil que me parece milagrosa... Essa mulherzinha doente e mirrada, que lição de humanidade e de música!

Quanto a Janis Joplin ou Jim Morrison, confesso que ignoro tudo sobre eles. Maio de 68 me projetou na política pura e dura, mocinho, com o que ela tinha então de arcaicamente continental, e isso me separou de toda uma cultura musical daquele tempo, também protestatória, sei perfeitamente, porém mais de inspiração mais anglo-saxã ou americana... Eu estava mais do lado de *Bandiera rossa*, se você quiser, do que de

Woodstock... Além do mais, eu era uma nulidade em inglês e gostava principalmente das canções com boa letra... O que não me impediu de gostar de Fats Domino ou dos Beatles, mas o fato é que tenho a sensação de, naqueles anos, ter passado ao largo de algo importante. Meu melhor amigo só jura por Jimi Hendrix e Bob Dylan: sempre que me fala deles, lamento retrospectivamente. O caso é que meus cantores preferidos, e eles me marcaram fortemente, foram Brel, Brassens, Piaf, Barbara... Não há gente que vive *contra*, portanto: gente que vive, simplesmente. Não há gente que detesta: gente que ama ou que perdoa. E tampouco há gente que celebra ou que justifica: gente que aceita ou que suporta. Sabe, minha melhor lembrança, em matéria de canção, e aliás uma das mais fortes emoções estéticas da minha vida, eu senti quando tinha uns vinte anos, no banheiro de um *camping*, não sei mais em que lugar de Portugal: eu estava no banheiro e, de repente, no meio daquele cheiro de urina e água sanitária, uma faxineira (só a vi ao sair: ela lavava o chão, vestida de preto, sem idade, as pernas incrivelmente peludas...) pôs-se a cantar: lá estava o fado eterno, o sofrimento eterno, a beleza eterna. Sem ódio, sem raiva, e também sem consolos, justificações, glorificações: a vida como ela é, atroz e preciosa, dilacerante e sublime, desesperadora e desesperada... A vida difícil, tão difícil. O destino, se você quiser (sabe, *"fado"* vem de *"fatum"*), mas sem providência: as coisas tais como são, a vida tal como passa... O real, simplesmente. Sim, essa canção exprimia no fundo tudo de que eu gostava, tudo de que gosto: a coragem em vez da raiva, a doçura em vez da violência, a misericórdia, em vez do ódio... Note, não sou não violento; mas só gosto da violência a serviço da doçura. Lembra-se de *Os sete samurais*? Ele já está quase velho: é um herói cansado. Dizem-lhe que vai morrer, sem glória, sem dinheiro, apenas para salvar uns camponeses pobres... Ele não responde: sorri. Luminosamente, sorri! Aquele sorriso é a mais linda imagem que já vi da sabedoria. A força só é aceitável a serviço da fraqueza. Sem esperança. Sem ódio. É também, se você quiser, o que se pode chamar de amor, se nos acharmos capazes dele. O Oriente, mais modesto ou mais lúcido que nós, falaria antes de compaixão e distanciamento... Pouco importa. O sorriso diz o essencial: um momento de doçura e de coragem antes do furor dos combates... Athos, que não sorria, teria apreciado esse sorriso.

Não, decididamente, não tenho a fúria de viver contra, como você diz, nem mesmo de viver por: tento viver com...

Woodstock e os cantores dessa geração também são o desejo de sabedoria, de paz. Algo do Oriente. O caminho das Índias. Há a aspiração a esse distanciamento de si – sem lográ-lo – e o retorno mais radical ainda, depois, à violência, à rejeição do mundo, ao terror de viver. Gostei disso, é claro, em Hendrix, dessa ida e volta. Essa violência interior depois do impossível, com essa agressão quase física, e ainda hoje me identifico

com ela. A voz de Janis Joplin é a exasperação, e também o consolo de tudo isso.
    A sabedoria trágica... É quase um ideal. Pouca sabedoria em mim, pouco trágico. Muito mais uma melancolia, um humor negro fortemente tingido de revolta, e então a ação, a vida, a paixão levam a melhor.
    É aqui, você me diz, que temos de parar de bater papo; e não encontro pergunta a fazer. Gosto de acreditar que você detém uma verdade que eu não conheço. E enquanto ela permanecer desconhecida, com certeza não pararei de falar com você. Para saber.

    Não detenho nenhuma verdade desconhecida, nem eu nem ninguém. O problema não é descobrir outra verdade, que faltaria, estaria ausente (tudo é verdadeiro: a verdade é tudo), mas compreender que não há nada mais a encontrar, salvo a verdade, nada mais a procurar, portanto, e que já estamos dentro, e que já conhecemos dela mais que o suficiente para viver... Buda ou Cristo sabiam menos que nós, muito menos, mas isso não nos dá nenhuma superioridade espiritual em relação a eles. Para que acumular saber sobre saber, se for para permanecer prisioneiro de si e do seu medo? As verdades não estão faltando, elas são, antes, "inoportunas por sua massa", como dizia Alain, "e pela dificuldade de mantê-las juntas: nós as temos nos braços e não sabemos onde colocá-las...". Sim, as verdades estão em toda parte, fora de nós, claro, mas em nós também, pouco ou muito. Como saberíamos o que é uma verdade, senão? E um erro? É o que Spinoza chama de norma da ideia verdadeira dada: se a verdade já não estivesse presente, se não estivéssemos nela, como poderíamos encontrá-la? Como, até, poderíamos procurá-la? A verdade está presente, sempre presente: verdade do mundo, verdade do devir. Até mesmo o erro faz parte dela – já que ela é verdadeiramente errada. Não é a verdade que nos falta: nós é que a deixamos escapar, porque não paramos de procurar outra coisa, que ignoramos, para dar sentido ao real que conhecemos... Ora, assim que descobrimos essa outra coisa, é para perceber que ela não tem mais sentido do que o resto e que, portanto, é preciso procurar mais... O sentido está sempre faltando, e essa falta é o próprio sentido. Quando Spinoza escreve: "Por realidade e por perfeição entendo a mesma coisa", ele indica com isso que nada tem sentido, nada, nem Deus nem o mundo, em outras palavras, que a verdade basta a tudo, e se basta, pois não há nada além dela. A imanência é isso: tudo está aí, não há nada mais a procurar senão tudo, nada mais a encontrar senão tudo, em que já estamos. Só se pode encontrar Deus em Deus, ou a verdade na verdade. É por isso que "quanto mais conhecemos coisas singulares, mais conhecemos Deus": Deus não está por trás das coisas, nem além, como o sentido ou o segredo delas; ele é essas coisas mesmas, todas essas coisas, tudo o que acontece ("a natureza", diz Spinoza), e é por isso que não há Deus, nem sentido. Só há a verdade: só há tudo. E os homens, absurdamente, buscam outra coisa: como se tudo não fosse o bastante! Essa *libido sciendi* (esse desejo de saber) não passa de uma loucura como outra qualquer, e a mais insaciável talvez (o sexo seria melhor: é mais fácil de satisfazer!). Todos esses pesquisadores que se esgotam a vida inteira para descobrir, seis meses ou seis anos antes de seus colegas, uma verdadezinha a mais... Socialmente, tecnicamente, são úteis, claro, e é por isso que nós os pagamos. Mas como pensar que isso pode preencher uma existência? Toda uma vida, para ganhar seis meses!... Não há profissão tola, claro, mas seria bem tolo deixar-se enganar por essa. A sabedoria não é a ciência; nenhuma ciência faz as vezes de sabedoria. Não se trata de procurar o que ignoramos, mas de habitar o que sabemos. De amar o que sabemos. A sabedoria não é mais uma verdade: é o gozo de todas elas. Ora, quem sabe gozar de uma só, plenamente, sabe gozar do conjunto a que ela pertence. Para gostar das estrelas, por acaso você precisa saber quantas são? E para amar um homem, conhecer tudo? Ele está aí, diante de você, perfeitamente verdadeiro, inclusive em suas mentiras, perfeitamente real, inclusive em seus sonhos... Se você não conhecesse nada dele não poderia amá-lo, claro; mas como seria louco querer conhecê-lo em todos os seus detalhes (em todos os seus infelizes e inesgotáveis detalhes!) antes de amá-lo por inteiro! O real não é um quebra-cabeça. "Espere um pouquinho, querido, mais uma peça, mais outra, mais outra ainda, sinto que já já vou te amar plenamente..." Não. Ele está aí, à sua frente: você o vê, você olha para ele, e já é um quinhão inesgotável de verdades... Bobin, também aqui, encontrou as palavras adequadas: "Uma onça de real puro basta para quem sabe ver". Ora, o real é puro, sempre, ao olhar puro. A verdade basta: o amor basta.

Você vai de novo me achar amável demais, meigo demais... Que posso lhe dizer? O horror também é verdadeiro, e o ódio. Mas justamente: o que eles podem contra a verdade que os contém? E contra o amor? Que o amor fracasse, como diz ainda Bobin, nós sabemos! Mas, enfim, isso só poderia valer, como argumento, para os que preferem o sucesso ao amor, os "vencedores", como se diz hoje em dia, e que tenham bom proveito. Mas e para nós, que preferimos o amor ao sucesso? O fato de o amor fracassar não o refuta! O que o fracasso prova contra a coragem? É a verdade do calvário: o amor é fraco, o amor sofre, o amor morre... É bom saber. Mas isso não subtrai nada ao amor, ou só subtrai suas ilusões. Verdade do amor: verdade do desespero. Essa verdade vale outras, e basta. Deixemos aos padres e aos espíritos frívolos as boas palavras que reconfortam, as pequenas esperanças, as pequenas mentiras que ajudam a viver. O amor triunfante, o amor invencível, o amor imortal... Há cruzes, em todas as encruzilhadas, que recordam claramente o contrário. Alain é insuperável aqui: "Se ainda me falarem do deus onipotente, respondo que é um deus pagão, um deus superado. O novo deus é fraco, crucificado, humilhado... Não digam que o espírito triunfará, que terá potência e vitória, guardas e prisões, enfim, a coroa de ouro... Não. As imagens falam alto demais; não podemos falsificá-las; ele vai ter é a coroa de espinhos". Deus só é

Deus na cruz, portanto não há Deus, e toda religião é idólatra. Porém, mais uma vez, o que isso subtrai do amor? da alegria? da doçura? O espírito de Mozart sopra aí (lembre-se do *Concerto para clarinete*...), o espírito de Schubert sopra aí (lembre-se do *Quinteto em dó*...) e a sabedoria trágica não é outra coisa. Não o amor mais forte que a morte, mas o amor apesar da morte, e fora do seu alcance enquanto durar. Imortal? Claro que não. Mas eterno, aqui e agora eterno, sim, sem dúvida, como tudo o que acontece e passa. Puro presente da presença: verdade do efêmero. É a vida eterna, e é a nossa, e é a única. "Todo homem é eterno em seu lugar", dizia Goethe lendo Spinoza; o mesmo eu diria de todo amor, e é essa, com efeito, a mensagem mais clara da *Ética*. A eternidade é agora. Isso quer dizer também que não há outra, e é aí que encontramos o desespero. O Cântico dos Cânticos se engana. A religião se engana. O amor não é mais forte que a morte, mais forte que o sofrimento, mais forte que o ódio. Se fosse, a gente saberia, a gente veria! Mas não é preciso ser forte, em todo caso não é preciso ser o mais forte: a alegria lhe basta, a doçura lhe basta, o amor lhe basta!

Como está vendo, Woodstock não está tão longe assim, nem o Oriente... Mas a imagem que a juventude americana deu de Woodstock manteve-me afastado dele, por não sei que de factício ou de espetacular. A verdade faz menos barulho. O amor faz menos barulho. E depois todas aquelas ilusões sobre a droga ou o sexo... O Oriente, quando me interessei por ele, pareceu-me mais silencioso, mais simples, mais verdadeiro. Pouco importa. Cada um com o seu caminho. Para ir aonde? A lugar nenhum, já que já estamos lá! Enquanto a sabedoria for um ideal, ela não passará de uma loucura como outra qualquer. O que há de revolta ou de melancolia em você é mais sábio, porque mais real, do que toda sabedoria que você pudesse sonhar. Mas se você soubesse vivê-las até o fim, revolta e melancolia acabariam por se dissolver, pelo menos é o que os mestres ensinam, nessa verdade que as contém e que elas recusam... Podemos vivê-lo? Não sei, e isso não tem tanta importância. Os mestres são mais felizes do que nós, sem dúvida, não é difícil. Mas não são mais verdadeiros, mas não são mais reais. "A vida leva a melhor", diz você... Sim, e ela se leva a si mesma. A sabedoria está em se deixar levar com ela, por ela, nela, felicidade ou infelicidade, sabedoria ou loucura. É a sabedoria de Montaigne, a sabedoria do vento, e é a única: o vento não quer dizer nada, provar nada, salvar nada, mas ele "gosta de fazer barulho e se agitar", e isso faz como que uma música no silêncio do mundo, como que um silêncio no zunzum dos homens... Sim, tudo o que eu poderia lhe dizer é como nada, Judith, comparado com o que o primeiro vento que soprar poderia, sem dizê-lo, nos ensinar. Não uma outra verdade, mas a própria verdade: o mundo, o silêncio, a eterna fugacidade de tudo... Foi bem gostoso, porém, nosso bate-papo, como você diz, e não era outra coisa, melhor assim. Mas temos de parar, senão esqueceríamos de escutar o vento...

O esforço de viver

~

Entrevista com Charles Juliet

O que você pede à escrita? O que ela lhe dá?

Peço cada vez menos. Gostaria de dizer que ela me dá cada vez mais, porém não é verdade. Peço-lhe cada vez menos e ela me dá cada vez menos. É um bom sinal, acho, e algo que devo à escrita. Ela me deu isto de decisivo: o sentido e a aceitação da sua vanidade, da sua inessencialidade, de seu fracasso derradeiro... Sartre escreve em algum lugar que *A náusea* não é nada diante de uma criança que morre. Adolescente, isso me chocou ou irritou. Hoje vejo nessa afirmação uma evidência, que seria obsceno negar. Ainda assim continuo a gostar da literatura ou da filosofia: gosto mais delas, parece-me, mais lucidamente, mais serenamente. Digamos que a escrita me desiludiu dela própria. Eu pedia tudo a ela, e ela só me deu seu quase nada, seu quase não ser. Mas era um presente suntuoso. Quanto mais se liberta de si, menos a escrita tapa o real; quanto menos nos enganamos sobre ela, menos ela nos engana sobre o mundo. É claro que, nessa questão, evoluí muito, justamente porque a escrita não me deu o que eu lhe pedia inicialmente: a salvação, a eternidade, uma existência inteira fundada e justificada... Como teria podido? Agora sei que a escrita não é uma salvação, que ela nunca justificou ninguém, nunca salvou ninguém, mas pelo menos esse saber (mesmo se outros puderam alcançá-lo por outros caminhos) é à escrita que eu devo. À escrita, não a meus livros. Porque essa vanidade da literatura ou da filosofia, eu a tinha descoberto e aceito muito antes de terminar qualquer obra, e só pude acabar uma, sem dúvida, no dia em que parei de acreditar absolutamente na escrita...

Você sente atração por alguma outra forma de expressão que não a que praticou até aqui? Escreveria um romance, um dia? Poemas?

Um romance, certamente não! Já me expliquei a esse respeito a Judith Brouste, e não gostaria de me repetir muito. Só uma confidência, se você quiser. Comecei escrevendo romances, ou tentando escrever, em todo caso levei a cabo algumas novelas... Mas logo vi que tudo o que eu escrevia, em literatura, era de uma infinita tristeza: parecia que todo o cansaço do mundo, que todas as penas do mundo, e as minhas, deviam pôr-se ali, deitar-se numa página... Não passava de um longo soluço em prosa, aliás quase sempre bem esmaecido. Ao passo que, quando me dediquei a uma escrita mais filosófica (uma antologia de aforismos, que ficou inédita), tudo se animou, se despertou, se recompôs, sem nenhuma deliberação... A escrita passou do crepúsculo à aurora, do desgosto de viver à alegria de pensar. Optei por ir aonde me levavam a alegria, a saúde, a luz... Erro meu? Não creio. Além do grande prazer que encontrei em fazê-lo, também ganhei com isso mais verdade, parece-me. Pois, afinal, por que os afetos seriam mais verdadeiros que as ideias? Que verdade neles, senão a que deles podemos pensar? Não acredito muito no inefável, no indizível... O fato de a verdade ser silenciosa, longe de nos impedir, é ao contrário o que nos permite dizê-la. Mas deixemos estar. Afeto por afeto, a alegria vale mais a pena que a tristeza e nos ensina mais sobre ela. É o espírito de Montaigne; é o espírito de Spinoza. Tanto mais que essa alegria do pensamento, que eu descobria então, não vinha de não sei que tese otimista ou reconfortante, ao contrário: tentei pensar o mais perto possível da minha vida real, tal como eu a percebia, e não foi por acaso que parti da ideia de desespero. Mas, justamente, o que descobri, nessa escrita filosofante, é que a verdade da tristeza não é triste, que a verdade da angústia não é angustiada, nem angustiante, que a verdade do desespero não é desesperada, nem desesperadora, ou o é num sentido totalmente diferente do sentido melancólico ou deprimido... Eu poderia dizê-lo à maneira de Spinoza: não é porque uma ideia é alegre que é verdadeira, ao contrário, é porque ela é verdadeira que pode ser alegre. Irão me objetar que também podemos nos alegrar com esta ou aquela ilusão que temos. Sem dúvida, mas é então uma alegria ilusória, e isso diz o bastante sobre o que seria uma verdadeira alegria: a única verdadeira alegria é a alegria verdadeira, quero dizer a que sentimos, quando somos capazes, diante de uma verdade. Ora, que podemos pensar alegremente essa mesma verdade que, afetivamente, nos entristece é a experiência cotidiana da filosofia e seu mimo mais precioso. É a gaia ciência de Nietzsche ou de Clément Rosset: o que Spinoza chamava de alegria de conhecer ou – mas dá na mesma – amor à verdade. Em contrapartida, esse pensamento alegre (que é o próprio pensamento) me esclareceu sobre a tristeza das minhas tentativas literárias passadas: não era a verdade que se dizia nelas, mas minha incapacidade de suportá-la! De fato, compreendi melhor o que há em mim de sombrio ou de melancólico confrontando meu pensamento a esses aspectos, ou confrontando-os com meu pensamento, o que eu nunca teria podido fazer debruçando-me sobre eles ao longo dos romances. Você vai me dizer que um romance também pode ser alegre, tônico, luminoso... Também acho, e são os que prefiro. Mas estes eu não me sentia capaz de escrever.

E hoje?

Não sei: faz muito tempo que não tento! Por enquanto, é principalmente a vontade que me falta. Mas, enfim, não me comprometo a nada: a gente tem o direito de mudar de opinião, o que talvez aconteça. Dito isso, se fosse para voltar à literatura, estaria mais inclinado para o teatro. Para mim é o grande gênero, por suas imposições mesmas, por essa concisão obrigatória, essa encarnação obrigatória, como uma palavra perpetuamente salva pela escrita, como uma escrita transfigurada pela palavra... Terei coragem um dia de me arriscar a fazê-lo? Não estou certo. Às vezes sonho com isso; mas os sonhos nunca bastaram para fazer uma obra... Eu me consolo tentando encontrar, por e na filosofia, algo do prazer de escrever, talvez até a arte de escrever. Gosto da prosa, especialmente da prosa de ideias. Meus mestres, nela, são Montaigne e Pascal, Rousseau e Diderot, Nietzsche e Bergson, Alain e Valéry... Exemplos esmagadores? Sem dúvida. Mas eles me carregam muito mais do que me paralisam.

Você não disse nada dos poemas...

É outra coisa. Escrevi muitos, e nunca parei de todo. A poesia me parece o essencial do que a linguagem pode dizer e ser portadora. Mas escrever é outra coisa; publicar é ainda outra. Admiro demais alguns grandes poetas (Victor Hugo, Baudelaire, Péguy, Saint-John Perse, Christian Bobin...) para querer rivalizar com eles. É uma questão de talento: faço o que posso com o que tenho. Dito isso, se fosse preciso escolher, eu poria apesar de tudo os *Pensamentos* de Pascal ou *Os ensaios* de Montaigne acima de *A legenda dos séculos* ou *As flores do mal*. É estranho, no fundo, porque eu não diria que ponho a filosofia acima da poesia: é antes o inverso. Por que essa defasagem? Sem dúvida porque Pascal e Montaigne inventaram algo que excede todas as classificações, em que a escrita está toda a serviço da verdade, ou de uma verdade, e está desligada demais de si para ainda se preocupar com determinado gênero literário ou filosófico... Você conhece o que Montaigne escreveu: "Gosto do modo de proceder poético, aos saltos e cabriolas...". E o exemplo que ele dá não é Horácio ou Virgílio, é Platão e Plutarco! Isso me esclarece, e não apenas sobre Montaigne. O modo de proceder poético (a poesia em ação, em execução, a poesia viva e ativa!) é mais importante do que os poemas; a verdade, mais preciosa que a filosofia.

Publicando, você espera exercer uma ação sobre outrem? Se espera, como a definiria?

Em todo caso, constato os efeitos dos meus livros, sobre este ou aquele, e me alegro com eles. Recebi faz pouco, mandado por um leitor, um artigo recortado num jornal belga ou suíço, não me lembro mais: tratava-se de um adolescente que fez uma tentativa de suicídio e a quem seu psicanalista, para ajudá-lo a se sair daquela, ofereceu meu *Tratado do desespero e da beatitude*... Esse adolescente diz que está se sentindo bem: renunciou a se suicidar e começou a estudar filosofia... "O que mata as pessoas", ele explica, "é o fato de esperar. Quando se aceita que tudo é desesperado, é mais fácil alcançar a felicidade." Ora, acontece que, alguns dias depois de receber essa correspondência, encontro um psiquiatra em casa de uma amiga comum: conto-lhe a história, e ele me responde que ele próprio, por sua vez, aconselhou com frequência a leitura dos meus livros, não por uma virtude terapêutica qualquer que eles teriam, mas porque a terapêutica não é tudo e é preciso aprender a viver... Por que esconder que tais fatos me alegram? Posso contar isso sem demasiada imodéstia, tanto mais porque o que há de tônico ou de fortificante em meus livros não vem de mim, como indivíduo, mas de determinada verdade que neles se encontra, que eu não inventei, nem descobri, mas no máximo encontrei, aqui e ali, ao fio dos dias, das minhas experiências, mesmo se dolorosas, ou das minhas leituras... Mas, enfim, é claro que sou sensível ao fato de meus livros servirem! E poderiam servir a algo mais precioso que a alegria, que o amor à verdade e à vida? É minha gaia ciência pessoal: não que eu seja sempre capaz de vivê-la, nem com frequência, mas porque ela me ajuda a suportar tudo o que, em mim, permanece prisioneiro da tristeza, da angústia ou (as duas andam juntas) da esperança. Eu diria com prazer que é por eu ser tão pouco dotado para a vida que necessito tanto de filosofar; mas é também porque, sem dúvida, meus livros podem ajudar outros... Isso vai ao encontro da carta de um psicanalista, quando meu primeiro livro foi lançado, que me escrevia dizendo que a esperança lhe parecia a principal causa de suicídio (as pessoas só se matam por decepção) e que, a esse título, meu trabalho podia ajudar a viver, e alegremente. Em todo caso, foi o que eu quis fazer: foi um *Tratado do gaio desespero* o que eu tentei escrever, e creio que, no cômputo geral, fui mais ou menos bem-sucedido. Dito isso, não é uma panaceia: não somente a filosofia não pode nada contra a doença mental, é óbvio, mas, mesmo no que concerne aos diferentes tipos de personalidade, notei muitas vezes que meus livros falavam mais aos que se inclinavam para a melancolia do que aos que flertavam com a histeria. Certamente não é por acaso. Não será porque só podemos ajudar àqueles com quem parecemos pelo menos um pouco? E depois os problemas também não são os mesmos para todo o mundo. O melancólico só é doente da verdade, explica mais ou menos Freud, enquanto o histérico ou a histérica são sobretudo prisioneiros da mentira... Ora, enquanto a verdade não estiver presente, enquanto ela não for percebida, mesmo se no horror, enquanto ela não for reconhecida, enfrentada, não se pode filosofar! Você me perguntava que ação desejo exercer sobre outrem. Pois aqui está: eu gostaria de ajudar meus leitores a enfrentar a verdade em vez de fugir dela, e depois a suportá-la, a aceitá-la, a amá-la quem sabe... Árduo caminho: é o que leva do horror à filosofia, depois da filosofia, no melhor dos casos, a esse pouquinho de sabedoria de que às vezes somos capazes... É o caminho de viver, e me é agradável pensar que, nesse caminho difícil, pude acompanhar por um tempo – muitos assim me disseram, muitos assim me escreveram – este ou aquele desconhecido... A vida é difícil demais para que possamos desprezar os socorros, mesmo se limitados, que podemos receber ou prestar.

Quando você tenta perceber o que acontece no mais opaco de você mesmo, acontece-lhe que seu saber seja um estorvo, um anteparo?

Pode acontecer: de tanto ter ideias sobre a vida, às vezes a gente imagina que a vida é uma ideia... Mas a filosofia me aproximou, apesar disso, do real, parece-me, mais do que me afastou dele. Pode ser também que, por gosto, eu me inclinava principalmente para as filosofias menos especulativas, menos retumbantes, para aquelas que se fixam como objetivo muito mais esvaziar esta ou aquela ilusão sonora, enfim que nos trazem de volta ao real a golpes de desmistificação! Lucrécio, Spinoza, Nietzsche (muito mais o da *Gaia ciência* que o de *Zaratustra*), Freud, Althusser... Deste último, retive sobretudo as últimas obras, em que ele desmistificava seu próprio pensamento, e vi nelas uma lição geral, válida muito além do marxismo. Aliás, é um tema que encontramos em sua autobiografia póstuma: toda filosofia que se leva a sério é uma impostura ideológica, explica, contra a qual há que "parar de se iludir". É a única "definição" do materialismo à qual ele reconhece se prender. Sou como Clément Rosset: acho essa "definição" excelente, muito embora não dê para nos contentarmos com ela (conceitualmente, é claro que ela é insuficiente), e eu a faria de bom grado minha. Na verdade, não é de maneira nenhuma uma definição (Althusser não se deixa enganar com ela: é por isso que coloca a palavra entre aspas), mas ela explicita muito bem o espírito do materialismo, que é o espírito de Epicuro, de Lucrécio, de La Mettrie... Se Marx a tivesse levado às últimas consequências, nunca teria podido acreditar na dialética, nem no comunismo: a face do mundo talvez teria mudado com isso. Mas volto à sua pergunta. Meu saber, ou aquilo que você chama assim, quero dizer o que os livros ou os filósofos me ensinaram, me separaram menos do mundo e da vida do que me separariam primeiro todo um punhado de ilusões, de preconceitos, de esperanças, de angústias, de superstições... O caso é que, no mais opaco, como você diz, cada um está sozinho e tem de encontrar seu caminho. Mas tudo se inter-relaciona: os livros de que gostei também me ensinaram que a verdade não é um livro, nem um discurso, que ela não tem sentido e que, por conseguinte, nenhum sentido é o verdadeiro. *Alogos*, dizia Epicuro: sem razão, sem discurso, sem significação... É o que agora chamo de silêncio, palavra que convém mais que a de opacidade, porque o silêncio é transparente ao verdadeiro.

Você admitiria que o saber deve implicar um savoir--vivre?

Não. O saber não implica nada: a verdade não tem moral, não tem deferências, não tem deveres, até mesmo a polidez lhe é indiferente. Um grosseirão e um patife não são menos verdadeiros que um homem de bem, e nem sempre mais ignorantes. O *savoir-vivre* não é um saber, e é por isso que, no fundo, a filosofia não é uma ciência. Não há saber propriamente filosófico: a filosofia não é um saber a mais, é uma reflexão sobre os saberes historicamente disponíveis. Mas é precisamente por não implicar um *savoir-vivre* que o saber seria, sem ele, humanamente insuficiente. Não há polidez *more geometrico*, não há virtude *more geometrico*, não há felicidade, não há amor *more geometrico*... Como, porém, prescindir deles? Portanto é necessária outra coisa que não o saber, e é isso que podemos chamar de sabedoria. Os sábios nos ensinam menos a seu respeito do que os artistas, e os filósofos são como artistas da razão. Fazer da sua vida uma obra de arte? Seria o ideal, se fosse possível. Mas não é: é o que a filosofia ensina, e é por isso que a vida lhe escapa como escapa à música ou à pintura... Rembrandt não é um Rembrandt; Mozart não é uma sinfonia; e a vida de Stendhal, não obstante o que se tenha dito dela, não foi um romance... Como seria possível? É essencial à arte que se possa recomeçar, retomar, corrigir, apagar, anular... É o que a vida não permite nunca. Poderíamos dizer que, na arte, somente os êxitos são definitivos, enquanto na vida nossos fracassos ou nossos meios-termos é que o são. Tente recomeçar seu primeiro beijo: será no mínimo o segundo, e você não terá recomeçado nada. Há vários esboços da *Nona sinfonia* de Beethoven, mas um só da vida dele, claro, e é a própria vida: um esboço sem obra (*praxis*, diria Aristóteles, não *poíesis*), um primeiro esboço sem retoque, e sem outra eternidade que não estar esboçado ali, no instante mesmo em que se abole... Mesmo no *jazz*, em que se improvisa, há ensaios, repetições, *standards*, e cada concerto é um recomeço. Mas e na existência? Não há ensaio para viver e (a não ser que se creia na metempsicose!) ninguém fará melhor da próxima vez. Viver não é uma obra; amar, sofrer, não é uma arte. Azar o dos estetas. Pretender fazer da vida uma obra de arte seria se enganar sobre a arte ou se mentir sobre a vida. Foi o que acabou me distanciando de Nietzsche, e mais ainda dos seus zeladores de hoje em dia. "A arte a serviço da ilusão", dizia ele, "eis nosso culto!" A arte de que gosto é, ao contrário, a que se põe a serviço da verdade. Ou a verdade de viver é justamente que a vida não é uma obra (não se cria a vida: vive-se) e que nenhuma obra poderia salvá-la, nem muito menos fazer as vezes dela. Aliás, é o que indicam muito claramente, parece-me, os autorretratos de Rembrandt e os últimos quartetos de Beethoven...

Você se aproximou dessas zonas em que um excesso de lucidez chega a asfixiar a vida?

Caro Charles Juliet, eu o reconheço tanto nesta pergunta! E reconheço tanto – apesar de nos conhecermos pouco – o que nos aproxima! Sim, você sabe, você também, que a verdade não basta, que a lucidez não basta: que a vida precisa de ar, isto é, de alegria, de amor, de ilusões talvez. É o que há de forte em Leopardi, e a que no entanto nunca pude aderir totalmente. Que a razão e a vida possam se opor. Que a vida precise de sonhos e que lucidez demais pode ser mortífero... Tudo isso não está errado, sem dúvida. Se a verdade está do lado da morte, como crê Leopardi (e é esse, de fato, o pressuposto do materialismo), como viver de outro modo que na ilusão ou na diversão? Mas não é tão simples. A vida também é real, e o desejo, e o amor. O erro de Leopardi, a meu ver, é o mesmo de Platão ou de Schopenhauer: ter acreditado, como ele escreve, que "a esperança e o desejo são uma só e mesma coisa". Se fosse verdade, o desejo só poderia se alimentar de ilusões (como esperar o real?) e o desespero mataria o desejo. Mas o corpo nos ensina claramente o contrário! O apetite não é uma esperança. O desejo sexual não é uma esperança. E no entanto o que há de mais forte? O que há de mais tônico? O que há de mais vivo? Um homem, uma mulher: que poderiam eles esperar de mais, se se amam ou se desejam? O prazer basta. Aliás, os animais são tão vivos quanto nós. Onde já se viu que eles precisem de ilusões? Dirão que eles ignoram a morte, que ela não é nada para eles. Mas o que ela é para nós? Que alguns acalentem ilusões para esquecer que vão morrer, é ponto pacífico; mas isso não quer dizer que a lucidez leva sempre à angústia: ter medo da morte é ter medo de nada, e é disso que a lucidez deveria, ao contrário, nos libertar. Epicurismo estrito, aqui: a morte não é nada, nem para os vivos (já que estão vivos) nem para os mortos (já que não estão mais). O materialismo é, decerto, um pensamento da morte, e é por isso que está fadado ao desespero. Mas a morte não anula a vida, enquanto vivemos, nem o desejo, nem o amor. Onde já se viu a lucidez tornar alguém impotente ou frígida? Creio que o contrário é que é verdade: que são nossas ilusões ou nossas mentiras que vêm quebrar o desejo. Observem a histérica (a "ninfômana frígida" de nossos tratados de psiquiatria!), observem o amante excessivamente apaixonado ou excessivamente romântico, que a paixão afoba, observe o tímido, que a luz paralisa... Os amantes lúcidos fazem amor à luz do dia. Alegremente, desesperadamente. Aliás, é um tema que também encontramos em Leopardi e que me é caro: "Para gozar a vida, é necessário um estado de desespero", escreve ele. Muito bem. Mas então não é verdade que seja necessário escolher entre a lucidez e a pulsão vital. É necessário escolher, antes, entre o amor ilusório à vida e o amor desiludido a ela. Amar a vida pelo que dela se espera (e que nunca se obterá) ou amá-la como ela é, em pura perda e desesperadamente. Isso a própria morte não poderá nos tomar: ela só nos privará do futuro, que não é nada.

Volto à sua pergunta. Sim, conheço essas zonas ou esses momentos de asfixia. Mas não vejo nelas nenhum excesso de lucidez. Antes a insuficiência do verdadeiro, da razão, do conhecimento. Ou nossa impotência a nos contentar com ela. Para que a verdade, quando não sabemos amar? Para que a razão, sem o desejo? O conhecimento, sem a alegria? A lucidez, sem o amor? Mas não é verdade que o conhecimento mata o desejo, ou isso só é verdade para os desejos que se nutrem de ilusões. Aqui também a sexualidade é um bom guia. Há coisa mais perturbadora que a verdade, que a nudez, que a sinceridade? Pobres amantes, os que necessitam de véus e mentiras! Simplesmente, a verdade não basta. A razão, por si só, não pode fazer nascer o desejo, como tampouco o desejo pode fazer nascer a razão. Este é pelo menos um ponto – sem dúvida o único – em que permaneço dualista. Você pode imaginar que não é um dualismo substancial ou ontológico: o desejo e a razão não são duas substâncias diferentes, nem duas regiões do ser; são duas partes – materiais uma e outra – do corpo. O sexo e o cérebro? Poderíamos dizer assim, porém o mais verossímil é que se trate de duas partes – ou duas funções – do cérebro. Os neurobiologistas que respondam. O caso é que o desejo não é um conhecimento, nem o conhecimento um desejo, e é por isso que os dois são necessários. Quanto à asfixia, para voltar a ela, ela me faz pensar de novo no que Freud escreveu sobre o melancólico: que ele só sofre da verdade. Sem dúvida. Mas não é a verdade que sofre nele. É o desejo, que a verdade fere. A melancolia não é uma doença da razão; é uma doença do desejo: um desinvestimento da libido, diz Freud, o que ele chama com toda razão de "perda da capacidade de amar". A verdade nada pode diante disso. Se ela se amasse a si, seria Deus, e é essa uma coisa em que não posso mais crer. Mas então é preciso tirar as consequências: paremos de imputar à verdade nossa incapacidade de amar! Não é a lucidez que nos sufoca; é a angústia, o egoísmo, a secura de coração, a falta de coragem e de amor... Nós nos sufocamos, e isso aponta o caminho. O que seria necessário é aprender a se desprender: libertar-se de si, aceitar perder-se, desaparecer, não ser mais que um sopro no grande vento do mundo... É a sabedoria do vento, diria Montaigne: o extremo oposto da asfixia!

Mais uma palavra, se você me permite, uma citação, a propósito de Montaigne, justamente. Confiaram-me a direção de um número da *Revue internationale de philosophie*, para celebrar o quarto centenário da sua morte. Encomendei um texto a Clément Rosset, que é um amigo, bom conhecedor de *Os ensaios*, e um dos raros filósofos contemporâneos de quem me sinto próximo. Ora, eis o que ele escreve a propósito de Montaigne. Ele constata primeiro que *Os ensaios*, em aparência, não alteram em nada nossa vida, e aliás não têm essa pretensão: "a insustentável leveza de *Os ensaios*", como diz seu amigo Joseph-Guy Poletti, está justamente em nos deixar "retomar a vida no ponto em que a tínhamos deixado". Montaigne, se você quiser, deixa a vida no estado em que ela está, o que, nota Clément Rosset, já não é nada mal! Mas Clément acrescenta o seguinte, que me parece decisivo: "Se a vida recomeça nas mesmas condições e nas mesmas incerteza e ignorância, há apesar de tudo a aquisição de certa lucidez. É todo o debate: uma vida mais lúcida é mais jubilosa que uma vida menos lúcida? Acho que é". De fato, todo o problema é esse, e é o nosso. Se Montaigne é um mestre tão excepcional, tão insubstituível, é que é um mestre ao mesmo tempo de alegria e de lucidez. Prefiro sua gaia ciência ao "lúgubre conhecimento" de Leopardi! "Quanto a mim, gosto da vida", dizia Montaigne, e Clément Rosset tem razão de ver nesse amor à vida "a palavra mais preciosa da filosofia". O caso é que amar a vida é o que a razão ou a verdade não poderiam fazer em nosso lugar. Donde a asfixia, de fato, quando só há a verdade. Necessitamos de ar, necessitamos de amor!

Você tem medo de envelhecer? Pensa na morte? Ela é um problema para você?

A resposta é sim, claro, para as três perguntas!
Quarenta anos é uma bela idade. Cinquenta ou sessenta não me assustam. Mas, e depois? Tenho medo da velhice extrema, da decadência, do estreitamento do espírito e do coração, da avareza, das deficiências (especialmente a surdez, que me ameaça cada vez mais), da senilidade, da dependência, da demência talvez... Quem não preferiria permanecer jovem? A velhice é uma antiutopia real: o contrário, exatamente, do que esperaríamos! Sei que há bonitas velhices; mas quem pode garantir a sua? O cérebro comanda, a doença comanda. Ter medo de envelhecer me parece uma atitude normal. O próprio Montaigne nunca escondeu que preferia a juventude, como todo o mundo... Você vai me perguntar: "Se o medo continua, para que filoso-

far?". Eu lhe responderei: se não fosse o medo, por que filosofaríamos? A filosofia nos ensina a aceitar o medo, a superá-lo às vezes, mas não o anula quando o perigo é real. Ora, há perigo mais real que a velhice?

Quanto à morte, é diferente: ela não é nada para nós, como diz Epicuro, e portanto não há nada a temer dela. O nada é o contrário de um perigo, pois não pode mais ser perigoso para ninguém. Mas você não me pergunta se temo a morte, e sim se penso nela. Claro! Como pensar a vida sem pensar sua finitude? Pensar a vida sem pensar a morte? A morte não é nada, está bem, mas nós morremos, e isso é alguma coisa! E depois o medo da morte, mesmo sendo imaginário como é, é o movimento espontâneo de todo ser que se sabe mortal. É por isso que é preciso pensar a morte, em sua verdade (como nada), para parar de imaginá-la ou temê-la. Sinto-me mais próximo de Lucrécio, aqui, do que de Spinoza. Que a sabedoria seja meditação da vida, e não da morte, é claro que concordo. Mas como meditar uma sem pensar a outra? Você me pergunta se a morte é um problema... É o mínimo que se pode dizer, não? Acontece que o problema é em si mesmo sua própria solução, o que tem algo de tranquilizador. Os mortos não têm problemas com a morte. Mas os vivos, sim! Problema imaginário, mais uma vez, já que a morte (em todo caso a nossa) nunca está presente, ou só está quando nós não estamos mais. Mas é assim mesmo: a filosofia não para de se chocar com problemas imaginários, para nos libertar deles. Enfim, há a morte dos outros, e o pensamento também deve, quando pode, se confrontar com ela. Perdi, faz muitos anos, o ser que eu mais amava no mundo – minha filha, então única –, e ninguém nunca vai me fazer dizer que isso não altera nada. O horror faz parte da vida. A desgraça faz parte da vida. O luto se vive? Sim, ele acaba se vivendo. Mas a angústia permanece, já que a fragilidade permanece. Quem pode amar sem tremer? Que pai, que mãe, sem temores? Mortais, e amantes de mortais: é o que somos. É por isso que a vida é trágica, e é por isso também que necessitamos de filosofar. Filosofar é aprender a viver, claro, não a morrer. Mas como viver feliz sem aprender a aceitar a morte?

Tudo o que pensamos se inscreve num fundo de enigma e, em comparação com o que nos escapa, às vezes parece irrisório. Como você vive isso?

Tem razão: ignoramos o essencial. "Não temos acesso ao ser", dizia Montaigne. Eu não iria tão longe (acho que nossas ciências modernas atingem algo do real, nem que seja velado), mas é verdade que só temos acesso ao ser indiretamente, pela mediação de nossos sentidos, de nossos aparelhos de observação e de medida, de nossa razão, de nossos conceitos, de nossas teorias... Nenhum contato absoluto com o absoluto, portanto, e é nisso que os céticos, ainda que eu não os acompanhe no detalhe, têm no fundo razão. "À glória do pirronismo", dizia Pascal. A questão mais fundamental, do ponto de vista filosófico, é justamente a que nunca poderemos resolver: "Por que existe alguma coisa em vez de nada?". É um abismo, que Deus mesmo não seria capaz de tapar (por que Deus em vez de nada?). Contingência do ser: ainda que tudo fosse necessário, no encadeamento dos fatos, não era necessário que alguma coisa fosse, e tudo resta contingente nesse aspecto. O nada era possível também, e mais provável talvez... Enigma? Não é a palavra que eu empregaria, porque o enigma supõe uma solução possível, o que não me parece ser o caso aqui. Antes um abismo, e sem fundo. Um mistério, com que as religiões se alimentam mas que nenhuma seria capaz de abolir. Pretender explicar a existência do Universo pela de Deus nada mais é, evidentemente, que deslocar a questão, e explicar o que não compreendemos com algo que compreendemos ainda menos. Por que Deus? Por que o Universo? Por que o ser? É sempre a questão de Leibniz. Por que há alguma coisa em vez de nada? Não há resposta, não pode haver. Ou, se você quiser, o ser é a resposta para essa pergunta que ele não faz. Mas sua solução, não, e é por isso que a questão para nós se coloca, e continuará a se colocar, definitivamente. É o que justifica a metafísica, e que a torna impossível. Comparada com essa questão, todas as outras têm algo de secundário. Deus existe? Há uma vida depois da morte? Todas essas questões supõem o ser, e por conseguinte não poderiam suprimir o mistério da sua origem. Mas nem por isso podemos resolvê-la... Logo, você tem razão: tudo o que sabemos é irrisório em relação ao que não sabemos. É assim, e temos de nos acostumar. Isso não significa que o que sabemos (que nascemos, que vamos morrer, que o Sol brilha, que dois mais dois são quatro...) seja como que nada, se entendermos por isso que não teria nenhuma verdade ou nenhuma incidência sobre nossa vida. Mas isso acarreta que todo conhecimento é parcial, como que perdido no abismo do que ignoramos e por conseguinte definitivamente frágil e sujeito a caução. É aí que Montaigne tem razão. É aí que Hume tem razão. Sim. Mas, enfim, a vida continua, e aliás foi o que os dois disseram. Saber que não sabemos nada, ou que não sabemos nada de certo, não impede de cultivar o jardim, de fazer política ou jogar xadrez... Você me pergunta como vivo essa ignorância fundamental. Ela não me angustia. Ao contrário, ela até me divertiria. Em todo caso, ela nos proíbe de nos levar demasiado a sério. Você conhece a fórmula de Woody Allen: "Pode ser que nada exista e que tudo não passe de ilusão. Mas, nesse caso, paguei meu carpete caro demais!". É uma ideia, creio, que Hume teria apreciado. Dito isso, o importante é menos saber o que é ou o que vale um carpete, do que decidir sobre o que fazemos dele, ou sobre o que fazemos nele... É aí que a vida – mesmo na ignorância – recobra seus direitos, e aliás seus deveres também.

O que é um moralista? Você é um deles?

Se é alguém que dá lições de moral, não, obrigado! Tem gente mais insuportável? A moral só vale para si, e as lições só são boas para as crianças. Em compensação, se um moralista é alguém que pensa que a moral é necessária, que merece atenção, reflexão, respeito, claro que sou um deles! E que filósofo não é? Isso não quer dizer, note bem, que a moral é a coisa mais importante, o que não acho: o amor e a verdade valem mais, e eles zombam da moral. Mas conhecemos tão pouco, mas amamos tão pouco, tão mal... Só precisamos de moral na falta de amor e de conhecimento, claro, mas é também por isso que precisamos tanto! Enfim, se o moralista é um escritor que faz filosofia sem saber, como diletante, como um autodidata do pensamento, com tudo o que isso supõe de frescor e leveza (pensemos em nossos "moralistas franceses", de que Nietzsche gostava tanto: La Rochefoucauld, Chamfort, Vauvenargues...), temo não poder ser um moralista: trabalhei demais, fiz estudos muito bons, ou estudos muito pesados, sou do ramo, quer eu queira, quer não, sou um universitário, para o melhor e para o pior, sou filósofo, e no fundo isso não é tão ruim assim...

Você se trabalha para se aperfeiçoar?

E que mais é viver? Que mais é filosofar? Viver é sempre fazer o esforço de viver, dizia mais ou menos Lagneau, e é a melhor definição do conato spinozista, e da vida. Quem gostaria de existir menos? Quem não deseja melhorar, elevar-se, crescer? Que é necessário se aceitar, é evidente. Mas não nos resignemos depressa demais à nossa baixeza, à nossa fraqueza, à nossa mediocridade! A vida é uma aventura, pode ser, deve ser. Aceitar-se, sim, mas não se ajoelhar diante de si, nem se deitar. Trata-se de viver: trata-se de avançar, de progredir tanto quanto podemos. No entanto, não nos deixemos enganar muito por esse "trabalho", nem por esse "aperfeiçoamento". A vida continua, eis tudo, e nós também, e cada qual se vira como pode. A perfeição evidentemente não está a nosso alcance. Mas, afinal, partimos de tão baixo que deve ser possível progredir um pouco... É o sentido de Ícaro, em meu primeiro livro. Ele simboliza esse movimento de ascensão, que é a própria vida: trata-se de subir a ladeira da entropia, do cansaço ou da morte, de subir ao assalto do céu, como dizia Marx, sabendo porém que, no fim das contas, a queda é inevitável... Mas que curiosa ideia seria renunciar a viver a pretexto de que não viveremos para sempre! "Devemos nos apegar ao difícil", dizia Rilke; é apegar-se à vida. Muito mais apegar-se a ela do que manter-se nela. É o que Pavese chama de ofício de viver: é, de fato, um trabalho, e o único que justifica todos os outros. Vale a pena? Cabe a cada um decidir. De minha parte, até agora, acho que vale, tanto a pena como o prazer. Um é inseparável do outro. É por isso que a coragem é necessária, e é por isso que ela não basta. Aliás, nada basta. Não é por acaso que a palavra *suffisance*, em francês, designa principalmente um defeito ou um ridículo. Ser *suffisant* é ser cheio de si, levar-se a sério, ser fátuo, pretensioso, presunçoso, desdenhoso... O oposto da sabedoria! Aliás, qual o contrário da *suffisance*, nesse sentido*?

Humildade? modéstia? simplicidade?

Sim: humildade, modéstia, simplicidade... E também, embora mais distante, lucidez (levar-se a sério é sempre carecer de seriedade), leveza, respeito (em oposição a desdém), bonomia, gentileza, humor, amor... São palavras demais para terminar, não acha?

---

* Suffisance/suffisant tem um duplo significado: suficiência/suficiente e os que o A. deu logo acima. (N. T.)

Apresentação dos coautores

Judith Brouste, escritora, vive em Paris. Nascida em 1948, publicou *Le rire fou des chimères*, Éditions Les formes du secret, em 1979. Depois *La clandestine*, Éditions Quai de Voltaire, enfim *L'état alerte* e *Le vrai mobile de l'amour*, ambos pelas Éditions du Seuil. Escreveu vários textos para a revista *L'Infini* e colabora para a *Art-Press*.

Charles Juliet publicou umas vinte obras, entre elas um *Diário* em quatro volumes, narrativas, *L'année de l'éveil, L'inattendu, Lambeaux, Attente en automne*, e coletâneas de poemas, *Affûts, Fouilles, Ce pays du silence, À voix basse*, todos nas Éditions POL.

Patrick Vighetti, nascido em 1961, é professor de filosofia em Lyon. Traduziu em francês (para Jérôme Millon, PUF e Seuil) várias obras do filósofo italiano Paolo Rossi. Também publicou um livro de entrevistas com François Dagognet, *Cheminement*, Éditions Paroles d'Aube, em 1996.